LE DEUIL DE LA MÉLANCOLIE

MICHEL ONFRAY

LE DEUIL DE LA MÉLANCOLIE

Récit intime

Robert
Laffont

ISBN 978-2-221-21954-6
Dépôt légal : septembre 2018

Pour Audrey Crespo-Mara et Thierry Ardisson
qui ont arrêté le massacre…

Au docteur Joseph Gligorov
pour son infinie bonté

Acte I

LE CLOU D'OBSIDIENNE

Samedi 27 janvier

Une poignée d'heures avant la date anniversaire de la naissance de mon père aujourd'hui décédé, je descends du train en provenance de Caen à la gare Saint-Lazare. Il est 19 h 19… J'ai peu lu la biographie de Caton l'Ancien qui m'accompagnait. Trop fatigué. La veille j'avais appris la mort de Pacha, l'un des deux petits chats que nous avions Marie-Claude et moi et qu'une amie chère avait adoptés pour m'éviter les larmes que m'arrachait leur présence.

Sur le quai, je cherche le raccourci qui me conduit habituellement dans la rue de Londres, juste derrière, là où se trouve l'hôtel Atlantic où j'ai mes habitudes. J'interroge les lieux en vain. Il y a des travaux, je mets la chose sur le compte des flux de passagers qui vont dans le même sens alors que je devrais remonter le courant ; je renonce. Je vais passer par l'extérieur.

Au bout du quai, je suis comme troué par une lumière intérieure, percé, foré, traversé, perforé dans le cerveau. Je me dis que je vais m'évanouir, c'est sûr… Je songe alors à ces clous d'obsidienne que j'avais vus au Mexique et qu'utilisaient les Précolombiens dans les sacrifices humains : ils les faisaient entrer dans la tête des victimes sacrificielles avec un maillet lui aussi d'obsidienne. Je sens physiologiquement ce trou dans ma tête comme je l'avais intellectuellement ressenti en voyant ces pièces dans des vitrines.

J'avise un pilier sur lequel je vais prendre appui, mais je ne tombe pas ; je décide alors de continuer jusqu'à l'hôtel. J'ai des papillons dans les yeux. Je connais ces symptômes. Ils finissent par partir.

Je marche dehors tel un zombie, il fait nuit, je vais sans problème dans la direction de l'hôtel. J'y entre. Je le connais bien. Je suis tout à moi-même concentré sur ce seul objectif : ne pas chuter, ne pas tomber, ne pas m'effondrer. J'avance, droit devant. Je m'entends dire, juste derrière moi : « Bonsoir, monsieur Onfray… » Je me retourne : j'ai passé le guichet d'accueil qui se trouve sur ma gauche sans le voir… Je salue le personnel ; nous échangeons quelques mots ; je présente mes excuses ; je dis que je viens d'avoir un malaise ; je prends mes clés ; je monte dans ma chambre.

J'ai un fort mal de tête et comme des papillons dans les yeux. J'appelle ma compagne Dorothée à Caen et lui raconte ce qui vient de m'arriver. Je parle, j'argumente, je démontre, je raconte. À cette heure, il y a juste un malaise sans évanouissement, suivi d'une grosse migraine.

Nous convenons tout de même qu'il est mieux que je rentre à Caen par le prochain train. J'appelle mon ami le compositeur Éric Tanguy que je devais retrouver pour sa soirée d'anniversaire – je venais spécialement pour le repas de ses cinquante ans. Je lui raconte la chose ; je l'informe que je rentre.

Dans le train de retour, je somnole, je dors, je m'assoupis ; je ne lis pas plus qu'à l'aller. Je me dis que je pourrais bien mourir là, dans ce wagon, sans que qui que ce soit s'en aperçoive en me prenant juste pour un dormeur fatigué de sa journée. D'ailleurs, il n'y a presque personne. Une jeune fille non loin et personne d'autre. Pas de contrôle des billets. J'ai l'impression d'avoir voyagé dans une nuit vaguement éclairée par de petites lumières jaunes et tremblotantes. Le train entre dans Caen.

Dorothée me conduit à SOS Médecins et, tout en conduisant, obtient un rendez-vous par téléphone. Dans la salle d'attente se trouvent des personnages de cour des Miracles. Un garçon tatoué sur le visage, dans le cou et sur les mains attend avec sa femme qui n'a pas trente ans mais dont le corps semble avoir porté déjà dix enfants. Un autre couple est là lui aussi. Il est appelé rapidement par l'urgentiste.

J'entre dans la salle de consultation où je suis reçu par le docteur François R. J'ai le souvenir d'un homme flasque et mou, un genre de montre molle. Je lui raconte mon aventure. Il me demande si je suis un traitement. Je précise que j'ai eu un infarctus en 1988 et qu'en effet je prends ce qui m'a été prescrit en pareil cas – aspirine, hypotenseurs et antiagrégants plaquettaires. Il prend ma tension : « 15-9. » Il a tout de suite fait son diagnostic : « Vous avez fait un pic de tension. » Puis : « Prenez-vous vos cachets à heure fixe ? » me demande-t-il… Évidemment non : quand je me lève et quand je me couche, certes, mais je ne vis pas l'œil rivé sur ma montre tel un chef de gare de ma santé ! L'affaire est dans le sac : c'est *parce que* j'ai décalé d'une heure ou deux ma prise de médicaments que j'ai subi cette hausse de tension ; si je prends bien mes pilules à l'heure, après avoir mis le réveil à sonner, alors tout ira bien… Il rédige une ordonnance et me prescrit deux comprimés de paracétamol codéiné matin, midi et soir – « pendant un jour si douleurs »…

Dorothée lui demande si ce gros mal de tête et ces papillons dans les yeux ne seraient pas les signes d'un AVC. Goguenard, le désormais fameux docteur François R. rétorque : « S'il avait un AVC, il ne serait pas venu comme ça sur ses deux jambes… » Je me souvenais que, pour avoir *déjà* fait un AVC et être venu moi-même au CHU en conduisant ma voiture afin de passer une IRM, on pouvait subir ce genre d'accident et être sur ses deux jambes… Le Diafoirus était déjà debout, il signifiait qu'on pouvait débarrasser le plancher. Nous nous sommes exécutés. Il était 23 heures passées. *Premier raté…*

Le lendemain, dimanche 28 janvier, c'était le jour d'un de mes cours à l'Université populaire

– cette année au Centre international de Deauville. Toujours avec un terrible mal de tête et des papillons plein les yeux, je suis entré sur scène à l'heure dite, 16 heures, comme si de rien n'était, et le cours a eu lieu normalement jusqu'à 18 heures.

Ce jour-là, mes amis Geneviève et Robert Combas, Alain et Zina Ciani sont venus les uns de Paris, les autres de Sète, pour assister à mon cours. Nous étions convenus de dîner ensemble ensuite. Au Normandy où nous avions tous pris une chambre, j'eus quelques problèmes pour me déplacer dans les couloirs de l'hôtel-restaurant... Le mal de tête persistait. Mon champ visuel était net au centre mais flou par ailleurs.

Je m'en suis ouvert par téléphone à mon médecin traitant, le docteur Bahareh S.-B. Il y eut un échange de textos comme au ping-pong, mais aucune proposition de m'appeler pour effectuer un genre de diagnostic verbal – à défaut d'une consultation. Elle s'est rangée au verdict de son collègue de SOS Médecins : un pic de tension qui disparaîtrait quand j'aurais pris les bons médicaments aux bonnes heures. *Deuxième raté...*

Alertée par mes descriptions, elle m'a tout de même conseillé d'appeler SOS Médecins de Deauville qui, après avoir eu une description téléphonique clinique de ce que je subissais, n'a pas interdit que je vienne afin qu'on me colle dans un lit et qu'on me prenne la tension pendant une heure ou deux... Dissuasif. Nous avons donc continué à boire de belles bouteilles de chablis... *Troisième raté*...

Lundi 29 janvier, réveil à midi. Toujours avec les mêmes symptômes. Ce lundi était la date anniversaire de mon père ; il aurait eu quatre-vingt-dix-sept ans. Retour à Caen. J'appelle ma mère, puis mon frère que la mort de notre père a mis par terre. Puis je me mets à mon bureau et je travaille.

Mardi 30 janvier. Dorothée et moi allons voir sa fille enceinte hospitalisée pour un petit problème de santé. Je ne retrouve plus la voiture en sortant. Je n'y prête pas attention. J'ai d'habitude une bonne perception de l'espace, Dorothée non. Nous sourions de cette transmutation des valeurs... Je travaille.

Mercredi 31 janvier. Déjeuner avec Cécile Boyer-Runge et Jean-Luc Barré, respectivement P-DG de Robert Laffont et directeur de la collection « Bouquins », venus jusqu'à moi à Caen pour un déjeuner de travail au cours duquel il fut question de nos projets en cours et à venir. À l'issue du repas, en sortant de l'endroit que je connais bien, je suis troublé de ne pas savoir si je dois prendre à droite ou à gauche pour les reconduire à la gare…

Ce trouble me trouble… Le mal de tête persiste ; les papillons aussi ; cette désorientation m'inquiète. Je rédige un texto que j'envoie au docteur Thierry P., oto-rhino-laryngologiste à la clinique Saint-Martin de Caen. Je le connais depuis longtemps pour l'avoir aidé dans une autre vie à vivre une autre vie que celle qu'il menait alors… Je lui avais posé deux questions : ces symptômes pourraient-ils être ceux d'un AVC ou d'une tumeur au cerveau ? Réponse sans ambiguïté obtenue par téléphone : pas du tout parce que l'AVC produirait ceci, la tumeur cela, et qu'il n'y a ni ceci ni cela… Rompez les rangs. *Quatrième raté…*

J'avais envoyé le même texto au docteur Bahareh S.-B. : même réponse. « Pas du tout. Avez-vous bien pris vos médicaments ? Des pics de tension vous dis-je ! » Jamais une consultation ne m'a été proposée alors que j'avais fait savoir ma disponibilité pour me déplacer... Elle m'a proposé d'acheter un tensiomètre – ce que j'ai fait...

Jeudi 1er février. Cinquième jour. Persistance des problèmes. Voyage en train pour Paris où j'ai accepté une intervention au Théâtre de Poche à la demande de Philippe Tesson qui souhaitait que j'assiste à un spectacle construit à partir du texte de Tertullien *Contre les spectacles* et que je participe ensuite à un débat avec Christophe Barbier qui animait la soirée. Rien à signaler. Sinon le mal de tête et les papillons...

Réponse à mon e-mail du docteur Bahareh S.-B. à qui je fais savoir la persistance des symptômes : « Laissez passer cette journée (*sic*) parisienne et, dès demain, on augmente le traitement comme préconisé par le docteur Sabatier » – mon cardiologue. Suit une posologie de Loxen. Rien d'autre, rien de plus, rien de mieux...

Vendredi 2 février. Une radio sur Europe 1 avec mon ami Stéphane Simon sur notre WebTV. Tout va bien malgré les symptômes persistants. Je me rends ensuite en taxi à LCI pour enregistrer l'émission d'Audrey Crespo-Mara intitulée *L'Entretien d'Audrey Crespo-Mara*.

Sur le plateau, avant de commencer, je raconte mon histoire de champ visuel, de mal de tête ; inquiétude d'Audrey Crespo-Mara ; je plaisante en lui disant qu'elle aura ainsi une émission posthume et que c'est bien pour elle… Elle appelle à l'instant son ophtalmologiste qui, lui, par téléphone, en deux secondes, pose son diagnostic : ça n'est pas oculaire, c'est vasculaire – dans le mille. En moins d'une minute, nous sommes loin du paracétamol, fût-il codéiné, de l'achat d'un brassard de tension ou de la prise des médicaments à heures fixes ! *Premier ciblage…*

L'émission a lieu, et bien lieu. Aucun problème d'élocution, de pensée, de réflexion, d'argumentation. De ce côté-là, tout semble aller. L'émission fera d'ailleurs son meilleur score audience. Je quitte le plateau et m'en vais vers mon rendez-vous suivant. Dans le taxi, un texto d'Audrey Crespo-Mara qui, après avoir appelé son mari Thierry Ardisson qui a fait le forcing auprès de son médecin, me dit : « Détournez immédiatement votre taxi. Prenez le chemin du 105, boulevard Malesherbes. Le docteur Gombergh vous attend pour passer une IRM. Thierry vient de l'appeler. »

Je m'y rends ; j'appelle Dorothée pour annuler mes autres rendez-vous de la journée.

Le docteur Rodolphe Gombergh semble sorti d'un film américain. J'apprendrais ensuite qu'il est artiste, qu'il expose, qu'il est le radiologue des stars. Pour l'heure, sympathique, maniant l'humour et une douce ironie, il souhaite que je passe entre les mains de son propre généraliste afin qu'il m'examine :

Docteur Ignace S.
Diplômé de la faculté de médecine de Paris
Ancien résident du RVH de McGill de Montréal
Membre de la Société de médecine de Paris
Ancien attaché consultant des hôpitaux
Ancien attaché à l'hôpital Bichat-Claude Bernard en infectiologie
Médecin qualifié spécialiste en médecine générale
Ancien attaché à l'hôpital Cochin dans le service du Pr Guillevin
Membre de la Société de pathologie infectieuse de langue française
Expert près la cour d'appel de Paris
Et près la cour administrative d'appel de Paris et de Versailles

Il m'accueille avec un grand sourire, me dit qu'il doit partir assez vite, me fait raconter ce qui m'amène ; je raconte. Il me fait un électrocardiogramme. Je le préviens qu'il trouvera une trace de souffrance antéro-septale due à un infarctus ancien. Il me demande si je n'ai pas avec moi un tracé d'électrocardiogramme ancien... Non, je ne me déplace pas avec ce genre de document sur moi. Or j'ai tort... J'appelle mon cardiologue à Caen – répondeur.

Tension, pouls, diagnostic : ça n'est pas un AVC, il en atteste : « C'est un problème de vitré. » Dès lors, il me prend un rendez-vous dans un cabinet d'ophtalmologistes pour l'après-midi près de Saint-Lazare, puis me raccompagne non sans m'avoir demandé 250 euros. Je sors ma carte bancaire : « Non excusez-moi, chèques ou espèces... » Sur le pas de la porte il réitère : « Pas d'inquiétude, ça n'est pas un AVC, c'est le vitré. » Je sors rassuré. *Cinquième ratage*... Le plus coûteux en monnaie sonnante et trébuchante.

Je retourne au cabinet de radiologie du docteur Gombergh. On me fait passer les examens nécessaires. C'est un AVC. Je suis hospitalisé dans l'heure à Foch où il m'a fait anonymer. J'y entre sous le nom de M. Fleur. Tous l'ignorent, mais Marie-Claude et moi avons habité trente-cinq ans rue des Fleurs.

Acte II

LE CŒUR A SES RAISONS

Journal d'un AVC[1]

1. Ces notes ont été écrites sur mon iPhone à l'hôpital Foch de Suresnes dans mon lit, dans les couloirs, dans les salles d'attente. Je ne les ai pas corrigées.

1

Vendredi 2 février

J'ai donc « fait » un AVC samedi dernier. Pas diagnostiqué par le toubib de SOS Médecins Caen. Pas diagnostiqué par mon médecin traitant. Pas diagnostiqué par un copain médecin. Pas diagnostiqué par un médecin qu'on m'a conseillé d'aller voir alors que j'étais à Paris vendredi pour le boulot et qui m'a demandé 250 euros pour paiement de sa consultation de Guignol.

IRM en urgence hier à Paris. Hospitalisation dans la foulée. Séquelles de champ de vision et de perception de l'espace. Dureront-elles ? On verra. Des analyses sont en cours pour connaître les raisons de ce second AVC après l'infarctus de 1988.

2

Lundi 5 février

Je viens de quitter les soins intensifs. Déjà plus de branchements et de pastilles qui irritent la peau. Plus de longs bips intempestifs et inquiétants la nuit lors des arythmies qui déclenchaient des signaux rouges clignotants sur l'écran. Plus de visites toutes les trois heures, nuit comprise.

Emploi du temps de la journée : scanner général pour traquer le caillot fourbe. Échographie cardiaque. Les investigations se poursuivent pour chercher la cause de tous ces problèmes. Donc pour trouver les soins adéquats.

3

Mon cerveau s'avère mon meilleur ami et mon meilleur ennemi.

4

La neige
Tombe
Comme moi

Lundi 5 février

Après-midi.

5

En passant des soins intensifs à une chambre normale j'ai hérité ce jour d'une chambre solo avec vue sur la tour Eiffel. Ça ne vaut pas le donjon de Chambois… Le caillot se trimbale encore. Suis sous piqûre d'anticoagulants pour éviter l'embolie. Les recherches continuent pour savoir d'où viennent ces pépins de santé. Cette après-midi, échographie des viscères. Rien au foie, rien au pancréas et rien aux intestins. C'est déjà ça. Mourir d'un AVC oui, mais pas d'un cancer du rectum. Suite de l'enquête demain. Scanner prévu de toute la carcasse. J'écoute les *Pensées* de Marc Aurèle sur le Net. Je le retrouve à chaque moment tragique de mon existence. Demain est un autre jour.

6

« Que la force me soit donnée de supporter ce qui ne peut être changé et le courage de changer ce qui peut l'être, mais aussi la sagesse de distinguer l'un de l'autre », Marc Aurèle.

7

Mardi 6 février

Visite d'un jeune neurologue qui n'est pas un fan de pharmacie. Il n'a donc pas prévu de me tuer avec des médicaments en surnombre. Les échographies ont montré un « foie gras » qui témoigne plus d'une nutrition viking que macrobiotique. Il conseille des règles de vie plus que de nouvelles pilules. La zone du champ visuel affectée est de bon pronostic pour la récupération. Perdre du poids, manger sain, faire des activités sportives plus que gaver le foie gras de statines ou de bêtabloquants ? J'adhère.

8

21 heures. Le même neurologue sort de ma chambre et, dans son langage élégant, me parle de mon « cœur pas frais ». De fait il n'a plus vingt ans et il y a trente ans (en gros, l'âge du Diafoirus...) il a subi un infarctus. Je lui parle

de ce que je crois être l'amélioration de mon champ visuel qui a morflé. Il prend la chose avec désinvolture... En tout médecin sommeille un sadique.

9

Mercredi 7 février

Envoyé à mon cardiologue de Caen :

Cher docteur. Je voudrais vous soumettre une piste jamais explorée pour l'étiologie : celle des maladies tropicales. Je suis en effet allé au Mali, en Mauritanie, au Congo, au Kenya, en Inde, en Guyane, au Mexique, en Colombie, en Haïti, à Cuba, en Martinique, en Guadeloupe, dans tous les pays d'Afrique du Nord – Algérie, Tunisie, Maroc, Libye, Égypte. Autant de pays où je me suis fait piquer par des moustiques. Y compris en Mauritanie d'où je suis rentré avec une terrible diarrhée suivie par le premier AVC. Mais je suis allé aussi... dans l'Orne où je suis né et où, dans mon village natal, une personne est morte d'une maladie de Lyme diagnostiquée trop tard et longtemps soignée comme un Alzheimer... Pensez-vous qu'il faudrait investiguer dans cette direction ? Amicalement.

Une réponse m'arrive quelques heures plus tard : fausse route…

10

Vers 18 heures. Même jour.

Dans les couloirs des scanners. Files d'attente des lits. On se regarde, on se plaint. On se compare, on se réjouit. Jamais l'adage ne m'est paru plus juste…

Des râles, des cris, des plaintes, des choses qui montent des ventres primitifs, des âmes préhistoriques, des inconscients intra-utérins. C'est le langage des enfers ou des limbes. Je ne serais pas étonné de voir passer dans le couloir la Grande Faucheuse avec un squelette cliquetant, un suaire blanc et une faux d'acier bleu. Elle tendrait le doigt en hésitant et en disant : « Toi, tu viens, c'est l'heure. » On croiserait son regard. Elle ne nous dirait rien. Elle repartirait. Et l'on se dirait : « Si ce n'est pas tout de suite, c'est peut-être dans dix minutes. »

Une vieille dame parle. Je comprends quelques bribes dans son charabia dantesque : « ma fille »… Puis elle se tait.

À côté, c'est un râle d'homme. J'imagine ce genre de râle quand on rend le dernier souffle…

La soufflerie ventile un air glacé. J'attends dans le couloir qu'on vienne me chercher pour me ramener à ma chambre – 357.

Les examens sont terminés. Je me moque un peu de ce qu'ils diront…

11

Envie de relire ce que j'ai déjà lu et de lire ce que je n'ai pas encore lu des moralistes français. Les messages qui m'arrivent étonnent – sans vraiment étonner.

Il y a ceux que l'on attend et qui sont là : les vrais amis ; ceux que l'on attend et qui ne sont pas là : les vrais faux amis ; ceux que l'on n'attend pas et qui ne sont pas là : les vrais ennemis ; et ceux que l'on n'attend pas et qui sont là : les vrais ennemis qui, anciens amis, voudraient redevenir amis.

Il y a les charognards que la tombe, la morgue, le cimetière et l'hôpital excitent : il est facile de les distinguer, ce sont ceux qui se manifestent dès l'annonce du malheur. Le parfum de mort les enivre, leur tourne la tête, leur monte… au cerveau.

L'un d'entre eux, l'un de mes anciens éditeurs, m'avait il y a peu signifié son mépris en m'insultant gratuitement dans les deux derniers e-mails qu'il m'avait envoyés. Le voilà qui surgit par texto, comme je l'imagine, bien peigné, perpétuellement bronzé aux UV, souriant avec des dents neuves, ontologiquement sanglé dans un costume d'employé des pompes funèbres qui déplore ce qui est advenu. Je lui réponds que je reconnais bien là l'homme qui n'est aimable que sur les bords de tombe… Le naturel revient au galop : le message suivant est une insulte. Bien connu sur la place de Paris pour être un mythomane, son patron m'affirme qu'il était pourtant sincèrement affecté quand il lui a appris la nouvelle. Je lui réponds que, chez cet homme, « la sincérité est une pathologie ».

Il y a ceux qui se souviennent qu'ils me connaissent et qui en profitent pour se rappeler à mon bon souvenir. Ce sont ceux qui, les jours d'enterrement, montent au plus près du chœur de l'église pour trouver une bonne place, juste derrière la famille, afin de laisser croire aux autres qu'ils en font partie.

Il y a ceux qui estiment qu'avec un AVC on perd la mémoire des offenses qu'ils nous ont infligées et qui estiment de ce fait qu'ils peuvent à nouveau débouler dans une vie sur laquelle ils ont copieusement vomi pour reprendre leur place comme si de rien n'était.

Il y a ceux qui ne se sont pas manifestés depuis des années et qui, désinvoltes, sifflotants, croyant qu'on a dîné ensemble la veille au soir, reprennent une conversation arrêtée il y a dix ans.

Il y a ceux qui savent et donnent des conseils pour éviter que ça recommence : des prières à la Vierge, à Jésus ou au bon Dieu ; des pensées qui envoient de « bonnes ondes » ; des régimes sans sucre ; du sport doux ou du yoga dur ; du véganisme ou du régime hyperprotéiné. Il me faudrait « lever le pied » (quelle étrange position anatomique...), « travailler moins » (ce serait tellement bien un Onfray qu'on entendrait moins – ou plus –, qu'on lirait moins – ou plus...), et, le plus insupportable, « prendre soin de soi » (la traduction d'une formule toute faite de la guimauve éthique américaine...).

Il y a les laborieux du devoir, les tâcherons de la vertu qui se fendent d'un message et qui doivent se dire, une fois pressée la touche envoi : « Bon, ça y est, comme ça, c'est fait... »

Il y a les professionnels qui chérissent le client. Ils songent au futur contrat, à la prochaine conférence.

Et puis il y a ceux qu'on aime. Une poignée. Les fils de soie qui nous retiennent au monde.

Comme ce matin, mon petit frère si douloureux d'être, déjà en temps normal, qui m'a raconté avoir foulé la neige immaculée dans la plaine où notre père labourait avec les chevaux. Il était 8 heures du matin. Il m'a dit : « Tu vois, là, ce que je voudrais, c'est qu'on soit tous les deux, sans téléphone, sans rien, sans personne et qu'on marche tous les deux... » Nous avons continué de parler. J'ai raccroché. J'ai pleuré.

12

Jeudi 8 février

Belle lumière à l'ouverture des rideaux ce matin dans ma chambre d'hôpital. Le froid donne à la ville une blancheur réverbérée par ce qui reste de neige. La lumière est la meilleure médecine. C'est du soleil dans les veines et le cœur. Le sombre Schopenhauer avait raison d'affirmer qu'elle était « la chose la plus réjouissante du monde ».

13

« À chaque occasion qui te pousse au chagrin, souviens-toi d'appliquer ce principe : Ce n'est pas une malchance et le supporter noblement est une chance », Marc Aurèle (IV, 49).

14

Le neurologue moldave du « cœur pas frais » a dû être briefé par l'interne à qui j'avais rapporté ironiquement ce diagnostic fleuri… Il parle désormais d'une « hypokynésie ventriculaire ». Du coup, nette amélioration du diagnostic…

15

Pas d'examen ophtalmologique depuis le début de mon hospitalisation malgré la réduction avérée du champ visuel. Impossible de comparer. Donc de savoir si ça a évolué. Parfois je pense que oui. Parfois non… Parfois même je me demande si ça ne s'est pas étendu. Dans la lumière artificielle de ma chambre, pas facile de savoir. Il y a bien des exercices avec le neurologue qui agite les mains en faisant des marionnettes autour de lui en hauteur, mais ce me semble de l'empirique pur. Peut-il mémoriser mon champ visuel en voyant tant de monde chaque jour et mesurer les hypothétiques progrès ?

Le scanner dont je sors permettra probablement de savoir comment les choses ont évolué : saignement(s) supplémentaire(s) ou (commencement de) résorption, début de cicatrisation ou stagnation…

Je sens de l'activité dans mon cerveau. Pétillements, grésillements, mouvements, picotements. Parfois une trace d'image décollée à ce que je viens de regarder qui se superpose à une autre image que je regarde. Parfois des hallucinations visuelles lumineuses sur ma gauche. Comme des spectres lumineux qui vivraient une vie autonome. Une vie spectrale qu'un cerveau brûlé percevrait comme après qu'on eut tiré un rideau qui nous cacherait un genre de vie après la mort.

16

Vendredi 9 février

Ghislain m'envoie une photo de Chambois sous la neige. Elle est faite d'un endroit que je ne reconnais d'abord pas. Panique… J'agrandis, je scrute, je regarde. Je cherche des maisons connues ; je n'en reconnais pas. Je vois tout de même qu'avec le clocher à droite et le donjon à gauche la prise de vue ne peut être faite que d'un lieu, non loin du cimetière. Je lui confie mon angoisse. Il me demande si j'ai récupéré mon champ visuel ; je me surprends à lui écrire : « On m'a dit que le pronostic était bon pour la récupération. On va voir » (*sic*)… On verra si je revois – normalement. Pour l'heure c'est moins la vision qui pose problème que la reconstruction de l'espace. Qu'un léger voile sur le bord haut de ma vision de l'œil gauche demeure, je pourrais facilement composer avec. Mais ce sentiment angoissant de me retrouver dans un lieu que je connais sans le reconnaître me plonge dans un abîme d'angoisse.

17

Visite de sortie du neurologue. Sept pages de bilan. J'ai été découpé en tranches, examiné de partout, scannérisé, IRMisé, piqué, sondé, analysé, perforé, ausculté, scopé, électrocardisé, j'ai rentré des écouvillons dans tous les trous de mon corps pour traquer les maladies nosocomiales, l'heure du bilan a sonné.

À l'heure du posthumain (mon iPhone écrit : « posthume un », je laisse pour avaliser la thèse freudienne que les lapsus témoignent en faveur de l'existence d'un inconscient freudien dans les téléphones…) la conclusion date… de 1988. Rien de plus que ce que mon regretté cardiologue Gilles Grollier, aujourd'hui décédé, emporté par une leucémie, avait découvert avec les moyens du XXe siècle. Pas plus, pas moins. Il y a eu un infarctus et l'on ne sait toujours pas pourquoi. À l'époque, j'avais vingt-huit ans : pas d'hypercholestérolémie, pas de tabac, pas du tout d'alcool, jamais de café, du sport, pas de stress – et infarctus tout de même…

Donc, cœur abîmé qui pulse moins bien, caillotage et AVC. Je rétorque que je prends des médicaments depuis trente ans pour éviter ce genre d'accident. On me répond que ça m'a préservé du pire… Réponse idéologique… Pas question pour un médecin d'avouer qu'il pourrait bricoler dans l'incurable ou, pour le dire d'une façon savante en citant Canguilhem qui pillait Bergson : « La médecine est un art au carrefour de plusieurs sciences. » Un art avec parfois des artistes mineurs dont le matériau est la vie d'autrui…

Ça sent l'étable. Je rentre. *Sursum corda*…

18

Dans le hall d'accueil où j'effectue les formalités de sortie, une famille attend en mangeant des pizzas. Les hommes portent des kippas. Des femmes les accompagnent. Il n'y a pas d'enfants. J'entends derrière moi le bruit de roues en caoutchouc qui crissent sur le revêtement du sol. Passe alors un cercueil de fer poussé par un homme en blanc. Allégorie de ma vie. Allégorie de toute vie.

19

Il y a sur mes bras les bleus produits par les diverses piqûres qui ont été nécessaires – des prises de sang à la pose d'un cathéter. J'y vois les variations de bleu, de vert, de violet, de jaune, de noir. L'hémorragie dans mon cerveau ressemble à l'un de ces « bleus » noirs. Je peux ainsi regarder sur mon avant-bras comment évolue mon hématome cérébral. Ce sont aussi, je le sais pour l'avoir vu sur le corps de mon père et de ma compagne, les couleurs de la décomposition d'un corps.

20

Retour à Caen. Sorti de ma chambre d'hôpital, j'expérimente une séquelle qui ne m'était pas apparue aussi franche, claire et nette – même si quelques épisodes ont pu m'y préparer. Quelques minutes après l'AVC, je suis entré dans l'hôtel Atlantic, rue de Londres, à dix minutes de Saint-Lazare, où j'ai mes habitudes. Tout au projet de ne pas m'effondrer dans l'entrée après l'attaque j'avance droit devant. Puis je m'entends dire : « Bonsoir, monsieur Onfray… » Je n'avais pas vu, sur ma gauche, le comptoir d'accueil où l'on enregistre les entrées... Perception de l'espace modifiée, donc, déjà.

Quelques jours plus tard le mercredi 31 janvier, Cécile Boyer-Runge et Jean-Luc Barré des éditions Robert Laffont m'avaient fait l'amitié de venir jusqu'à moi à Caen pour un déjeuner de travail. À l'issue de celui-ci, sortant du café Marcel que je connais bien, dans une configuration spatiale que je connais bien, dans un volume architectural que je connais bien, je me suis trouvé perdu en ignorant si je devais partir à droite (vers le centre-ville...) ou à gauche (vers la gare...) pour conduire mes hôtes à leur train... Il m'a fallu un temps de réflexion pour que suive l'action qu'habituellement la mémoire et le réflexe rendent possible.

Puis il y a eu l'épisode de la photographie de Chambois envoyée par Ghislain qui me prouvait que je n'avais pas perdu la connaissance des lieux (j'y retrouvais en effet l'agencement de l'église et du donjon qui me permettait de savoir par quelle entrée du village la photo avait été prise), mais qu'il me manquait la possibilité de me situer personnellement dans cet espace et d'affirmer clairement qu'elle avait bien été prise là où j'imaginais qu'elle l'avait été – et c'était bien, de fait, le lieu que j'avais envisagé au regard d'une barrière reconnue : celle de la station d'épuration du village.

Descendant de voiture place de la Résistance, le même trouble me saisit. Déjà, quelques minutes plus tôt, à l'entrée du viaduc de Calix, j'ai bien reconnu la sortie du périphérique et l'entrée qui conduit à Caen par Mondeville. Mais mon trouble visuel m'a fait imaginer qu'un bâtiment qui, donc, doit me servir habituellement de repère et qui a été construit à l'aplomb du périphérique, avait été rasé pendant mon absence... La perception de cette construction relevait de mon œil gauche, à savoir : celui qui est affecté par l'AVC. C'est donc l'impossibilité d'une image complète qui rend irréalisable la modélisation d'un espace devant lequel je reste interdit.

Si j'en crois ce qui m'a été dit, la probable récupération de la vision après cicatrisation de la zone cérébrale affectée (sept centimètres sur trois...) induira la probable récupération de cette modélisation de l'espace sans laquelle toute faculté de se situer est impossible. Si cette prédiction ne se réalise pas, il me faudra composer avec cette pathologie spatiale invalidante.

21

Personne ne m'aura demandé si mes morts ne tenaient pas trop de place dans mon cœur. À l'hôpital, le corps n'a pas d'âme.

Acte III

AU BANQUET DES DIAFOIRUS

Je n'ai pas contacté le Diafoirus de SOS Médecins Caen pour lui signifier qu'il était passé à côté du diagnostic d'AVC – ni son homologue de Deauville.

Le 2 février, à 14 h 47, j'ai rédigé un texto à l'ORL qui était passé à côté lui aussi. Il était ainsi libellé : « Cher Thierry. Pour information : suis hospitalisé à Paris. Samedi dernier, c'était un AVC. Bien à toi. » Sa réponse : « Zut alors ! Tu vas mieux ? » Ma messagerie a conservé un appel téléphonique de lui qui n'a pas été suivi d'un message. *Depuis, plus rien…*

J'ai envoyé le même message à mon médecin généraliste. Sa réponse dubitative : « Ils ont retrouvé les traces sur le scanner cérébral ? » Ma réponse : « Ben oui tiens… » Elle ajoute alors : « Thierry et moi avons eu tort alors. Ils vous gardent jusqu'à quand ? » Moi : « Oui, vous avez eu tort. Et le toubib de SOS Médecins aussi. J'entre et je ne sais quand je ressortirai. » Elle : « Réguler la tension sera leur priorité. Vous anticoaguler. Et vérifier les taux de cholestérol pour voir si c'est ça qui a bouché une artère. Et, à votre retour, voir le docteur Sabatier le vendredi 16 février comme prévu. Ce coup-ci, il n'y a pas à tergiverser : les recherches devront être faites pour les facteurs de coagulation. » Autrement dit : elle doute de mon information ; elle confesse tout de même, contrainte et forcée, qu'elle a eu tort, mais, comme ils sont deux à avoir eu tort, tout ça se dilue, mais, pas plus que son collègue ORL il n'est question de présenter des excuses... Comme elle n'a pas su dire le passé, elle se fait alors fort de dire l'avenir et me prédit ce qu'on va me faire – autrement dit, ce qu'elle ferait si elle suivait le dossier... Or, à cette heure, elle ne suit plus rien. Quant à « tergiverser », ça n'est pas de mon fait : elle devait prendre le rendez-vous depuis des mois pour faire cette recherche qui aurait peut-être pu éviter l'AVC. Elle a envoyé un autre texto le lendemain : « Puis-je me permettre de venir aux nouvelles ? » Je n'ai pas répondu... *Depuis, plus rien...*

Enfin, le meilleur : le désormais fameux docteur Ignace S. qui incarne un formidable cas pathologique de dénégation. L'homme qui n'a pas de terminal bancaire mais se fait régler en liquide ou en chèque m'avait fait crédit – je n'avais qu'une carte bleue. Il revient donc à la charge par e-mail en demandant son dû. Il sait qu'il est passé lui aussi à côté de l'AVC puisqu'il m'a diagnostiqué un problème de vitré – la preuve par l'ordonnance que j'ai sous les yeux : il m'a pris un rendez-vous chez un spécialiste près de Saint-Lazare. Je me souviens encore de sa phrase, alors que je sortais : « Pas d'inquiétude, ça n'est pas un AVC, c'est un problème de vitré... » Dans une pareille situation, c'est le genre de phrase qu'on n'oublie pas... Je suis alors parti à pied au cabinet radiologique du docteur Gombergh qui, lui, a diligenté les examens qui ont permis de diagnostiquer l'AVC.

Mis le nez dans son impéritie, le docteur dont la signature précise qu'il est « expert judiciaire » a dès lors mis en place une formidable stratégie de dénégation. Cet homme est donc lui aussi passé à côté du diagnostic de l'AVC, sinon il ne m'aurait pas proposé : d'une part de me rendre au cabinet ophtalmologique pour traiter le problème de vitré en relation avec son diagnostic ; d'autre part, il ne m'aurait pas non plus prescrit, on croit rêver, des investigations concernant… ma prostate et mes selles.

Le samedi 17 février, Dorothée lui envoie un e-mail avec cette information : « Bonsoir docteur S. Il s'agissait d'un AVC au contraire du diagnostic que vous aviez fait. Une semaine d'hospitalisation à Foch. » Réponse d'anthologie : « Je savais (*sic*) que c'était un AVC et je n'ai pas voulu vous inquiéter (*sic*), et c'est la raison pour laquelle j'avais prescrit l'IRM cérébrale et tenu au courant des résultats par Mme Iba Zizen, j'ai ordonné votre orientation dans le service d'urgence vasculaire de garde alors que j'étais tenu au courant dans le TGV par mon ami le docteur Gombergh.

« La médecine est une diplomatie dans son langage et faut (*sic*) obtenir un résultat sans inquiéter le patient.

« J'ai près de quarante-cinq ans d'exercice professionnel et ma réputation n'est plus à faire et jusqu'à maintenant, pas fait d'erreur par le passé d'où ma clientèle de “bouche-à-oreille”.

« Désolé que vous ayez pu croire que je puisse m'être trompé. »

Formidable cas d'école ! Un : Diafoirus Ier « sait » que j'ai subi un AVC, mais il ne me le dit pas ; tout le monde sait en effet qu'il est précisé dans le serment d'Hippocrate : « Tu cacheras la vérité de ton diagnostic pour éviter les émotions de ton client. » Mieux : non content de me cacher le véritable diagnostic, il m'en donnerait un faux, le vitré, et, pour parfaire la simulation, il me dirigerait vers un cabinet ophtalmologique ? Mieux que mieux : puisqu'il a constaté que j'avais cet AVC mais qu'il me le cachait pour m'épargner des émotions, il ne trouvait donc rien d'autre à me prescrire qu'un toucher rectal pour voir où en est ma prostate et un prélèvement par le même endroit pour aller interroger mes selles ! Tant de talent pour cacher l'AVC à celui qui l'apprendra par un autre confine à la sainteté scientifique ! Et si je m'étais contenté de ce diagnostic ? Pas d'AVC ? Juste un problème de vitré ? Rien de grave donc… Dès lors, pourquoi ne pas reprendre mes activités normales et annuler les annulations des rendez-vous pour lesquels je me trouvais à Paris ?

J'avoue que j'y ai pensé, mais le bon docteur Gombergh, lui, m'attendait pour l'IRM qui n'a donc pas pu être demandée par le docteur S. puisque j'avais effectué le détour par le cabinet de cet olibrius, *avant de faire l'IRM prévue*, sur sa demande. Il aurait pu, lui aussi, prendre au sérieux le diagnostic de celui qui est son généraliste et m'inviter de ce fait à économiser l'IRM, puis à me rendre dans l'après-midi consulter l'ophtalmologiste…

Deux : c'est donc un mensonge d'écrire qu'il a prescrit un examen qui l'avait été par le docteur Gombergh qui m'a envoyé chez lui pour disposer d'une consultation en amont. Un examen obtenu d'ailleurs en amont par Audrey Crespo-Mara et Thierry Ardisson par leurs appels téléphoniques personnels. Audrey Crespo-Mara a appelé le docteur Gombergh qui a fait le nécessaire pour m'accueillir dans son service radiologique où une IRM m'attendait. C'est elle qui a enclenché un processus sans lequel je ne sais ce qu'il serait advenu de moi. Après quatre avis « médicaux » qui écartent un AVC on commence par douter de soi, pas de la corporation…

Trois : l'hospitalisation a été obtenue par le docteur Gombergh qui m'a tenu au courant des appels téléphoniques donnés dans son service pour qu'on me trouve un lit en urgence ici ou là ; Bichat fut envisagé ; ce fut Foch qui m'accueillit. À cette heure, Diafoirus Ier était dans le TGV…

Arrêtons-nous maintenant sur cette pensée profonde du tégéviste : « La médecine est une diplomatie dans son langage et faut (*sic*) obtenir un résultat sans inquiéter le patient. » Tudieu ! C'est un adage digne de l'épreuve de culture générale en première année de médecine ! Laissons de côté l'élision du « il » dans *il faut* – le TGV cahote sur une voie de chemin de fer ondulée, comme chacun sait – cela explique sûrement cet oubli…

Que peut bien vouloir dire « une diplomatie dans son langage » ? Mais aussi, car il y a deux paralogismes dans cette seule phrase, que peut bien signifier : « Faut (*sic*) obtenir un résultat sans inquiéter le patient » ?

Premier paralogisme : la diplomatie n'est pas un art de dire que *ce qui est n'est pas* (un AVC) ni celui d'affirmer que *ce qui n'est pas est* (le problème de vitré), c'est au contraire celui de dire vrai, autrement dit d'affirmer *que ce qui est est*, en y mettant les formes. Et non l'art de dire faux en y mettant les formes – car cette tromperie définit moins l'art diplomatique qui exige de l'intelligence que l'art du mensonge qui ne nécessite guère plus que l'immoralité la plus ordinaire.

Second paralogisme : débarrassé de l'à-peu-près sémantique (le TGV brinquebale toujours et le cerveau du docteur aussi…), que doit-on comprendre en lisant qu'il faut au médecin « obtenir un résultat sans inquiéter le patient » ? Disons-le avec un exemple : c'est écarter le cancer du cancéreux sous prétexte qu'on va affecter ses émotions et lui trouver une diversion pathologique genre ongle incarné, ou… problème de vitré… pour ne pas affoler son pouls. À charge pour les confrères de rectifier le tir et d'annoncer au cancéreux qu'il l'est bel et bien et que son ongle incarné est une erreur de diagnostic…

Résumons donc : le médecin d'opérette commet une erreur de diagnostic, mais ça n'est pas une erreur de diagnostic ; il savait que je souffrais d'un AVC, mais il me l'a caché pour éviter que j'aie des émotions ; pour mieux certifier son diagnostic, bien que sachant que j'avais un problème de vascularisation de l'encéphale, il me dirige ostensiblement vers l'ophtalmologiste, le proctologue et l'urologue – des voies à explorer pour parvenir au cerveau comme chacun le sait depuis Freud ; la médecine relève de l'art diplomatique de mentir ; de ce fait elle autorise qu'on cache son état de santé à un malade et que, pour ce faire, on puisse lui inventer une maladie qu'il n'a pas afin de mieux soigner la maladie qu'il a... Cet « expert près des tribunaux » mérite d'être entendu de l'autre côté de là où il déclame habituellement !

Car afficher « près de quarante-cinq ans d'exercice professionnel » n'atteste pas d'une compétence mais de la durée d'une incompétence. Rien n'interdit en effet qu'on puisse se montrer insuffisant pendant quarante-cinq ans – voire plus si l'incapable officie plus longtemps dans la profession...

Quant à la réputation, elle est souvent obtenue par intimidation : les breloques et les honneurs, les titres et les médailles de ce monsieur qui n'en manque pas ne sont pas toujours les signes du héros, mais souventes fois les marques de la déférence insistante qu'il aura fallu développer pour les obtenir. Toute grandeur qui s'affiche cesse d'en être une.

Enfin, comment croire sur parole un homme qui prétend n'avoir jamais commis aucune erreur dans le passé puisque, en face d'une erreur avérée, une et une seule, il met en place un dispositif massif de dénégation pour nous expliquer que le réel de son insuffisance n'a pas eu lieu ?

Quand l'erreur de diagnostic s'avère bénigne, qui la remarque ? Quand elle s'avère si grave qu'elle emporte le malade, qui la pointe ? La corporation trouve toujours une explication pour montrer que le mort n'est pas mort de ce qui l'a tué – qui pourra prouver le contraire ? Combien d'arrêts cardiaques, d'infarctus massifs, de chocs anaphylactiques pour expliquer que le corps a eu tort de mourir, mais pas le médecin qui n'a rien vu venir, voire qui regardait ailleurs quand pourtant la Faucheuse lui faisait signe manifestement ?

Quand dans le tombeau on n'a plus ni bouche ni oreilles, il n'y a plus aucun risque pour Diafoirus que de mauvaises informations circulent sur son impéritie dans sa « clientèle de bouche-à-oreille »...

Enfin, un *cauda venenum*, cette conclusion : « Désolé que vous ayez pu croire que je puisse m'être trompé » ! La désolation de ce monsieur ne saurait suffire à masquer la somme d'indigences associées à son nom breloqué, honoré, médaillé, titré, certifié : commettre une erreur de diagnostic, et le nier ; avancer un autre diagnostic, puis se tromper encore, et le nier ; cacher derrière la diplomatie une série de mensonges ; justifier le faux diagnostic sous prétexte d'épargner les émotions du patient alors qu'on expose dangereusement sa vie ; laisser au confrère qui prend la suite, son ami en l'occurrence, le docteur Gombergh, le soin de démentir le diagnostic et le charger de décupler l'émotion du patient qu'on prétendait épargner ; prendre les choses de haut en se décernant des brevets de compétence, en affirmant, quelle suffisance ! qu'en presque un demi-siècle d'exercice il n'aurait jamais commis aucune erreur, ne se serait jamais trompé, en un mot, aurait été parfait, surhumain, épargné par la fragilité inhérente à la nature humaine – voilà qui permet le portrait d'un homme d'une rare fatuité…

Dans un e-mail daté du samedi 17 février Dorothée écrit à ce monsieur qui prétendait avoir observé un AVC tout en gardant le diagnostic pour lui en prenant soin de m'en donner un autre afin d'éviter de me saper le moral : « Je suis étonnée alors que vous ayez dirigé Michel Onfray vers un cabinet d'ophtalmologie en lui indiquant qu'il souffrait d'un problème de vitré… » Réponse de l'infatué : « Désolé de vous décevoir, mais l'examen ophtalmologique fait partie intégrante de l'examen neurologique » – et celui du trou de balle pour y dénicher mes selles et tripoter ma prostate aussi probablement ?

Puis ceci : « Je suis tout à fait disposé à polémiquer (*sic*) avec vous mais quelles connaissances médicales approfondies avez-vous pour pouvoir percevoir l'art médical ? » Ce qui veut dire, une fois décodé : je n'accepte de remarques que de mes pairs qui, au vu de mes médailles et de mes états de service dans l'Institution, estimeront que je dis vrai quand je suis dans le faux et que vous dites faux quand vous êtes dans le vrai…

Ajoutons à cela une ultime remarque : Diafoirus estime que c'est « polémiquer » contre lui que de lui demander d'expliquer ce qui, pour le moins, fait problème dans sa façon d'être, de faire et dire. Autrement dit : « Foutez le camp et payez-moi mes 250 euros… »

Enfin, pour parachever le portrait, le vaniteux conclut son e-mail en s'appropriant tout ce qui a été bien fait par le docteur Gombergh : je lui devrais tout ce qui a suivi – le bon diagnostic venu d'un autre que lui ; l'IRM obtenue par l'entregent amical d'Audrey Crespo-Mara et Thierry Ardisson ; l'hospitalisation à Foch décrochée par les services du même docteur Gombergh – tous événements dont j'ai été le témoin qu'il n'en fut pas à l'origine… « Que le cœur de l'homme est creux et plein d'ordures », écrivait Pascal…

Acte IV

UNE LEÇON D'ANATOMIE

« Personne ne m'aura demandé si mes morts ne tenaient pas trop de place dans mon cœur. À l'hôpital, le corps n'a pas d'âme », ai-je écrit. Je ne suis pas un dévot de l'inconscient freudien, la chose est sue ; mais une chose qu'on ignore plus souvent c'est que j'ai publié un livre intitulé *Apostille au crépuscule* qui proposait de penser la psyché dans le lignage sartrien, autrement dit dans celui de la psychanalyse existentielle.

Quelques mots sur cette psychanalyse qui n'est pas parvenue à ébranler la fiction freudienne – normal : la plupart préfèrent les illusions qui les sécurisent avec des fables et des mythes, des histoires pour les enfants et des allégories, plutôt que des vérités qui les inquiètent. Que nous puissions disposer d'un inconscient qui, malgré sa puissance, n'empêche pourtant pas l'empire de la liberté, du choix, voilà qui met face à soi-même quand le freudisme nous place dans une histoire littéraire…

J'ai perdu Marie-Claude, ma compagne de trente-sept années de vie commune, après un cancer qui a duré dix-sept années. J'ai partagé avec elle l'angoisse des salles d'attente et la souffrance des chambres postopératoires, les lumières blêmes des prises de sang du petit matin au centre de soins et le regard perdu du médecin généraliste dans son cabinet, les silences du cancérologue regardant longuement l'écran de son ordinateur pour retarder sa parole et l'immense panique des attentes de résultats d'analyse (plus de mort ou moins de mort ?), l'impossibilité de se nourrir même avec des sondes et l'apparition du squelette gris qui perçait la peau, les silences en voiture lors des retours de consultation et les attentes dans les pharmacies dont je sortais avec des sacs pleins de médicaments, les séances de chimiothérapie à l'hôpital avec les voisins auxquels on s'habitue et dont on apprend un jour la mort, les cheveux qui tombent par poignées et le coiffeur qui rase le crâne avec un faux recueillement et une véritable désinvolture, l'achat d'une perruque et l'aveu du cancer qu'elle est aux yeux de tous, les effets secondaires des pharmacies toxiques et les repas que je confectionnais en vain, la violence de la généraliste balançant six mois avant l'heure qu'il faudrait songer aux soins palliatifs, celle du médecin m'annonçant qu'il n'y en avait plus que pour trois semaines, ce que l'on fait pendant ces vingt et un jours, à qui on le dit, à qui on le tait, quelles rencontres on organise en étant seul à savoir que ce sont des adieux, des derniers repas, les espoirs vite suivis par leur contraire, l'éloignement des « amis » ou le rapprochement suspect de ceux qui voulaient voir la mort de près en se tenant à bonne distance, les nouveaux protocoles et les espoirs nouveaux, le refus hospitalier d'une nouvelle chimiothérapie signifiée par un formulaire de l'Agence régionale de la santé qui disait à sa manière qu'il y en avait trop eu de fait, les derniers jours, l'agonie, l'« au revoir » que j'ai dit un soir en sachant que c'était un adieu.

Puis il y a eu ce que j'ai vécu seul, sans plus pouvoir le partager, car la souffrance ni le plaisir ne se partagent, ils s'éprouvent en solitaire : l'ami qui a fait le nécessaire pour qu'en plus de la mort inévitable il n'y ait pas eu la connaissance du caractère inévitable de la mort ; l'heure à laquelle la piqûre a été faite ; le lieu, l'heure et l'endroit où j'ai appris que c'était fini ; son geste d'amitié quand il m'a dit que la seringue n'avait pas été nécessaire et qu'elle était partie doucement sans le voir ni le savoir ; sa mort à lui, quelque temps plus tard ; le cadavre de Marie-Claude dans la morgue, la tête posée sur l'acier d'une paillasse, son profil détaché sur le néant ; le baiser sur sa bouche glacée ; les vêtements à rapporter pour l'habiller ; le cercueil qu'il m'a fallu choisir ; les soins palliatifs qui l'ont abîmée ; la mort qui a parcheminé son visage et lui a donné cent ans ; les traces qui ont envahi le cadavre – jaune, vert, marron, bleu, noir, violet ; la mise en bière ; ceux qui ont fait le forcing pour venir alors que je voulais la garde rapprochée seulement ; l'enterrement enfin…

Enfin il y a ce que l'on appelle le deuil dont j'ai dit, pour mon père, qu'on ne le faisait pas mais qu'il nous faisait. J'ai quitté la maison que Marie-Claude et moi habitions depuis trente-cinq ans ; j'ai été sollicité par une femme que je connaissais par son mari, qui travaillait dans une entreprise de réinsertion sociale dans laquelle il est mort par la faute de l'impéritie d'un encadreur. Le petit cadre qui se disait révolutionnaire parce qu'il était cégétiste fut condamné à un an de prison avec sursis, ce dont on ne parla pas dans la presse locale, pas plus quand on sut qu'il avait tapé dans la caisse de l'Université populaire du goût… Il était de la bonne couleur politique et fut soutenu par les édiles locaux de gauche – le maire, son conseil municipal, les deux conseillers généraux, le président de la communauté de communes alors président du conseil régional. Cette femme me fit savoir qu'elle aurait bien acheté la maison sise au 31, rue des Fleurs, mais qu'elle n'avait pas l'argent. Je l'ai bradée en laissant les meubles – je n'ai pris que ma bibliothèque. Six mois plus tard, elle vendait la maison avec un bénéfice confortable et quittait Argentan.

Il y eut également l'évaporation des « amis » que nous invitions et qui ne me donnèrent plus signe de vie. Pendant des années, jusqu'à la fin de Marie-Claude, nous organisions un réveillon de fin d'année au cours duquel nous nous retrouvions à une trentaine de personnes à La Renaissance à Argentan, un restaurant qui a depuis décroché une étoile méritée. Marie-Claude est morte le 8 août 2013 ; le 31 décembre suivant, personne ne m'a invité.

Certains ont purement et simplement disparu : plus un signe, jamais, aucun ; d'autres ont forcé le trait en se manifestant dans les premiers temps de mon deuil, avant de rejoindre assez rapidement la catégorie des premiers ; d'autres encore se manifestent de temps en temps comme on fait une messe une fois par an pour éviter que l'église ne soit désaffectée.

En perdant Marie-Claude je perdais donc aussi les amis que nous avions. En arrivant à Caen où je décidai de m'installer j'ai souhaité écrire une nouvelle page. J'ai donc invité de nouvelles personnes, rencontré de nouveaux individus, créé de nouvelles relations. J'organisais des repas, je faisais se rencontrer tels ou tels. Puis je découvrais que certains échangeaient leurs adresses et s'invitaient sans moi... Je dus faire les mêmes constats : inviter sans être invité, donner des signes sans en recevoir, accueillir sans être accueilli.

Dorothée fait partie de ma vie depuis plus de vingt ans ; Marie-Claude le savait ; Dorothée aussi, bien sûr. Quand il fallut trouver des bouteilles d'oxygène ou du matériel médical le week-end, Dorothée faisait le nécessaire…

Quand je fus dans le deuil, il lui fallut aussi composer avec. Ce ne fut pas chose facile pour elle qui avait vécu ces dix-sept dernières années au plus intime de ma peine. Un temps, ce ne fut donc pas facile pour nous. Il y eut alors peu d'amis pour faciliter les choses. Ponce Pilate eut des émules. Mes vieux amis Maurice et Patricia Morvan qui me connaissent depuis mes dix-neuf ans et qui étaient mes voisins rue des Fleurs à Argentan ont été là, eux.

Marie-Claude aimait les animaux, la nature, la forêt, la campagne. Elle avait trois chevaux, l'un, Tintin, acheté pour le sauver de la boucherie chevaline avec un ami qui enseignait avec elle au collège de Falaise et qui est mort trop tôt d'un cancer des poumons ; l'autre, Gamin, un poney déjà dans le club finalement adopté par Marie-Claude pour tenir compagnie à Tintin ; il y avait aussi Sauvage, un autre cheval microscopique.

Le propriétaire du club équestre d'Argentan, La Cravache, où étaient ces chevaux, a gagné *beaucoup d'argent* pendant des années avec les locations payées par Marie-Claude. Après sa mort, il a su me faire le chantage *ad hoc* pour conserver la manne alors que je souhaitais leur offrir une retraite chez une amie qui a construit un genre d'arche de Noé dans le sud de la France. Le patron du club profite encore à ce jour de sa filouterie. Tintin est mort ; je continue de payer les sommes fixées dans le passé. Les chevaux servent à son cours, mais cela ne suffit pas pour justifier un hébergement à son compte…

J'avais souhaité un enterrement avec les parents de notre filleul et sa famille – personne d'autre. Le père de Marie-Claude avait été résistant dans un groupe dirigé par son institutrice et son mari, Mme Puyravau ; le couple avait adopté une petite fille, Marie-Noëlle, qui était tombée malade à Mortagne lors d'un transfert de groupe d'enfants orphelins. Mme et M. Puyravau ont alors adopté l'enfant. Marie-Claude a toujours considéré Marie-Noëlle comme sa grande sœur. Il était normal qu'elle soit là, avec son mari, ses enfants et leurs compagnes – nous étions parrain et marraine de l'aîné.

Le bruit de la mort de Marie-Claude sortit très vite de l'hôpital pour se répandre dans le club hippique et dans la ville. Dès lors, il fallut être de cet enterrement…

Il eut lieu sous un soleil insolent. J'avais écrit un texte que je n'ai pas pu lire. Ce fut Philippe Icard, notre ami chirurgien qui avait tant fait pour faciliter les soins de Marie-Claude, qui l'a lu. Le voici :

Marie-Claude aimait les chats, ses chats, nos chats. La petite Maya qui avait quémandé notre affection un soir d'hiver en s'installant devant notre porte et qui fut pendant presque vingt ans le compagnon silencieux de notre intimité. Puis Pollux que je lui offris lors de la récidive de son cancer, il y a sept ans, une petite boule de poils qui tenait alors dans ma main. Puis Pacha, le vieux chat de son père qu'elle aimait tant, un vieux chat qui est entré dans une longue agonie après la mort de son maître et qui, miraculeusement, nous avait alors dit le vétérinaire, le médecin de ses chevaux, est revenu à la vie et nous a accompagnés depuis. Pollux et Pacha lui survivent.

Marie-Claude aimait les chevaux, tous les chevaux, mais aussi et surtout les siens, Tintin, qu'elle avait acheté avec son ami professeur de mathématiques au collège de Falaise, Pascal Pernet, disparu beaucoup trop tôt, lui aussi, d'un cancer du poumon opéré par notre ami si précieux Philippe Icard. Gamin et le petit Sauvage qui ne quittait pas d'un sabot son vieux copain. « Tintinou », « Mon Gamin », « Gaminou », disait-elle. Elle y allait tous les jours, pour leur raconter sa vie, je crois, elle qui ne la racontait à personne, pour quelques confidences, puis probablement pour des larmes discrètes quand le cancer a commencé en 1999. Elle n'a jamais manqué ses rendez-vous à La Cravache, même quand elle portait un drain après l'intervention chirurgicale de son ablation. Quand ces rendez-vous se sont espacés, puis quand ils sont devenus rares, j'ai compris sur quels chemins nous étions engagés... Dans les derniers temps, je l'accompagnais, nous rentrions du club, je lui faisais faire un tour d'Argentan qu'elle aimait tant, nous traînions en voiture, elle regardait la ville avec son beau regard triste. Tintin, Gamin, Sauvage lui survivent...

Marie-Claude aimait les fleurs, toutes les fleurs. Nous avions un petit jardin, rue des Fleurs, justement, et elle était attentive aux infinies variations des boutons, des feuilles, des fleurs. Ces derniers temps, nous avions planté deux pieds de vignes issus du jardin de son père. Ils avaient pris, nous étions heureux. Ils s'étaient desséchés, ils avaient péri. Ni elle ni moi nous ne nous l'étions dit, mais nous y avons sûrement pensé tous les deux : mauvais présage... Dans les derniers temps, elle faisait quelques pas dans ce petit jardin, je lui tenais la main, nous étions heureux, je savais ses jours comptés depuis un mois, elle respirait petitement, mais le parfum des fleurs lui entrait dans l'âme quand même. Je lui apportais des quartiers de pêche dans une assiette, à la fraîche, avec des bougies, elle disait alors que c'était mieux qu'à Saint-Tropez... Elle aimait les orchidées offertes par notre amie Blandine. Récemment, alors que Marie-Claude s'étiolait, les orchidées s'épanouissaient dans la lumière de l'été, derrière la fenêtre. Elle s'en réjouissait. Les orchidées lui survivent.

Marie-Claude aimait les arbres, tous les arbres, les grands, les petits, les sauvages, les domestiques, ceux des villes et ceux des forêts. Elle déplorait la furie municipale qui les abattait les uns après les autres sous prétexte de sécurité. Il y a moins d'un mois, une petite tornade avait fendu en deux le prunier de notre jardin, abîmé de l'intérieur, fragile, une racine déjà hors du monde. Notre ami Maxime, qui présidait au désordre de notre jardin, avait constaté les dégâts et signalé qu'il y avait à ses côtés le prunelier ayant servi au greffage. Sans nous le dire, nous avions vu le prunier coupé en deux comme un mauvais présage ; j'avais préféré, pour ma part, faire du prunelier qui lui survivait un bon présage. Le jardin lui survit avec la tombe de notre petite Maya, morte mais vivante car seuls les morts n'ont plus à mourir et sont faits d'une étoffe de mémoire.

Marie-Claude aimait ses élèves, l'Éducation nationale, transmettre, enseigner. Durant toute sa vie active, je l'ai vue rapporter à la maison des paniers de cahiers et de copies qu'elle corrigeait le soir pour les rendre le lendemain. Elle prenait les décorations au sérieux, donc elle ne les sollicitait pas. Mais elle a été émue et fière, grâce à François Doubin, de recevoir les Palmes académiques parce que son père, qui avait montré sa vaillance dans la Résistance, tenait cette décoration en haute estime. Malgré son hépatite de novembre, elle avait effectué le déplacement à Sées-l'Évêché pour la cérémonie de remise avec nos amis Marie-Noëlle (« ma grand sœur », disait-elle...) et Jacky Desquenes, notre vraie famille, ma vraie famille. Deux ou trois qui étaient là recevaient la médaille par protection, copinage, et piston, mais je savais qu'elle, elle l'avait vraiment méritée pour l'avoir vue si souvent à la tâche, jamais dans la récrimination, toujours dans le plaisir du devoir et de la joie du travail bien fait. Elle aimait ses élèves qui l'aimaient. Parfois, ils venaient rue des Fleurs, à notre maison, il y avait toujours pour eux une provision de bonbons dans un bocal. Elle les recevait toujours. Sauf ces derniers temps où la force lui manquait pour tout. À l'hôpital, elle connaissait des parents d'élèves, d'anciens élèves devenus infirmières, aides-soignantes, brancardiers. La veille de sa mort, délicate comme elle l'était toujours, elle demandait des nouvelles de tous et de toutes. Ses nombreux anciens élèves lui survivent.

Marie-Claude aimait danser et elle dansait sans retenue, avec plaisir, dépense et bonheur. Aux repas du club de La Cravache, où je la voyais joyeuse, enthousiaste, emballée, gaie, contente, radieuse, elle qui était retenue et faisait une grande vertu de la pudeur, elle voulait comme de grandes farandoles, allait chercher les grincheux et voulait une grande fête des corps. Elle allait à des cours de danse et, même pendant les chimiothérapies, elle partait avec son petit sac, ses vêtements, ses chaussons de danse. Elle rentrait fatiguée, fourbue, mais contente. Les soirées de La Cravache lui survivront. Yves et Guy, vous y veillerez, s'il vous plaît, vous qui avez l'élégance d'offrir à ses chevaux la retraite gratuite au club qu'elle aurait aimée pour eux.

Marie-Claude aimait les livres, elle aimait lire et elle aimait la lecture. Elle avait fait une thèse de lettres et ne s'en vantait jamais. Elle lisait beaucoup, des romans, exclusivement. Jamais de biographies, car elle estimait que les biographes violaient l'intimité des personnes et qu'ils mentaient souvent quand les documents faisaient défaut. De plus, elle estimait qu'on n'expose pas la vie des gens au grand soleil des curieux. Elle a beaucoup lu, puis moins lu ; elle a lu des journaux, puis elle a moins lu de journaux ; à la fin, elle les parcourait pour me donner l'impression qu'elle lisait encore, mais je savais qu'elle n'avait plus la force de se concentrer autant que le demandent les livres. Sa bibliothèque, mélangée à la mienne, lui survivra.

Marie-Claude avait le goût de l'amitié, mais surtout pas de ce qui se présente comme tel et sous ce nom aujourd'hui. Elle avait le sens romain de l'amitié : elle donnait peu la sienne, mais, quand elle la donnait, elle la donnait tout entière. Cette rigueur faisait qu'elle pouvait aussi la reprendre totalement quand les amis n'avaient pas été amicaux. Elle avait le sens de l'amitié, mais n'aimait pas que ses amis faillissent, car elle ne croyait pas à l'amitié, mais aux preuves d'amitié. Deux de ses amies m'ont parlé hier de leur amitié pour elle et toutes deux ont insisté sur la pudeur qui la caractérisait : elles s'aimaient sans se le dire, elles étaient intimes sans se le faire savoir, elles se confiaient tout sans jamais rien se dire. L'amitié de ses amies lui survivra.

Marie-Claude aimait son père, autodidacte, ouvrier, puis cheminot, mais surtout résistant. Il ne faisait pas de cas de sa Résistance en public, sauf auprès des élèves dans les écoles, sur la fin, mais il avait été du bon côté, réfractaire au STO, actif dans le maquis d'Écouché. Elle avait acquis de cette expérience l'idée que l'héroïsme est de ce monde et qu'il peut être modeste, discret, voire secret. Depuis son premier cancer en 1999, depuis sa récidive il y a sept ans, depuis le début du long calvaire il y a neuf mois, dans les tout derniers jours, elle a été résistante et n'a rien cédé à l'ennemi. La veille du jour de sa disparition, avec 4 de tension seulement, hospitalisée sans que personne le sache, elle était debout au pied de son lit en attendant l'adversité comme on attend la balle de l'ennemi. L'exemple de sa résistance lui survivra.

Marie-Claude était de gauche. Non pas en militante bornée, car elle ne prit jamais sa carte à aucun parti, mais elle savait que la gauche n'est pas un catéchisme, une pétition de principe, un viatique, une fleur à la boutonnière, mais une exigence : exigence de fraternité concrète, de solidarité active, de partage effectif – je ne dirai pas tout ce qu'elle a concrètement fait pour mériter cette belle épithète de femme de gauche, car la générosité ostentatoire n'est plus générosité, mais seulement ostentation. Je puis juste dire que, quand nous

nous sommes rencontrés en 1977 et que je n'étais rien, rien du tout, moins que rien, tout juste un chien blessé par une enfance et une adolescence douloureuses, elle a été là, généreuse, fraternelle, prodigue et qu'elle n'a jamais rien demandé en retour. Cette gauche-là, elle ne la tenait pas de sa lecture de Marx ou de je ne sais quel idéologue, mais de l'exemple de ses parents, dont sa mère postière qui vivait sa gauche en débordant de générosité et ne se contentait pas de la proclamer. Car il n'y a pas de gauche, mais juste des vies de gauche : celle de ses parents, la sienne, étaient des vies de gauche. J'aimerais pouvoir croire que cet art de vivre à gauche lui survivra.

Marie-Claude aimait le sport : l'équitation, bien sûr, la danse je l'ai dit, la natation également où elle accomplissait de véritables performances – dix kilomètres dans la vieille piscine d'Argentan qu'elle aimait lors des 24 heures de natation. Elle aimait le Tour de France que nous regardions tous les deux depuis 1999, date de son premier cancer, date de la gloire de Lance Armstrong qui nous prouvait, dans la chambre de Baclesse, qu'on pouvait avoir été violemment tabassé par le cancer et vivre tout de même ensuite une vie normale. L'été dernier, nous avons regardé encore. Lance Armstrong n'était plus là. C'était son dernier Tour de

France. Ce sera aussi mon dernier. Le Tour de France lui survivra.

Marie-Claude aimait Argentan sa ville natale, la ville de son enfance, celle de son adolescence, de ses jeunes années. Elle aimait le quartier Saint-Michel, son quartier, les maisons des Castors qu'avaient construites les cheminots en coopération, en mutualisation et qu'ils avaient ensuite tirées au sort – ses parents, qui avaient travaillé au chantier, avaient tiré un lot avantageux avant de le donner à une famille avec plus d'enfants. Ces maisons lui survivront.

Marie-Claude aimait Argentan, j'aimais Marie-Claude, donc j'ai aimé Argentan et j'ai donné à cette ville, malgré la mauvaise volonté persistante d'un certain nombre de ses élus depuis le départ de notre ami François Doubin, de quoi magnifier un peu cette triste ville, cette pauvre ville que les élus n'aiment pas parce qu'ils préfèrent le pouvoir qu'ils ont sur les Argentanais aux Argentanais eux-mêmes. Mais sans Marie-Claude, Argentan n'est plus pour moi qu'une coquille vide et douloureuse. Une ville qui sera désormais celle de treize années d'examens médicaux, d'analyses, de résultats d'analyses, de pharmacies, de prises de sang, d'infirmières, de scanners, de chimiothérapies, d'interventions chirurgicales, d'urgences, de la fin, de l'agonie – du cimetière.

Je vais donc quitter Argentan en même temps que son beau sourire et son doux regard, qui vont dormir dans ce cimetière où reposent déjà sa grand-mère et ses parents. J'ai acheté une concession pour nous deux. J'ai demandé à mon ami Robert Combas une belle pierre tombale pour elle – et pour moi. Elle m'a précédé, je l'y rejoindrai. Nous l'y rejoindrons tous… Elle a juste pris de l'avance, voilà pourquoi elle est partie sans forfanterie, avec modestie, dans une sortie qui lui ressemble : avec grandeur, panache, discrétion, pudeur.

Sans elle je n'aurais jamais été ce que je suis, je me dois, dans ce qui me reste de vie à vivre sans elle, d'être à la hauteur de ce qu'elle fut : un modèle de rectitude, de droiture, de justesse et de justice, de générosité, de bienveillance et de douceur, de force discrète et de courage modeste. J'avais eu mon père comme premier modèle d'héroïsme simple et réservé ; j'ai eu Marie-Claude comme second modèle pendant presque trente-sept ans. C'est déjà une grande chance, une immense chance. Merci pour ce cadeau. Je te survivrai un temps, mais l'éternité du néant nous réunira.

Pendant toute la cérémonie, j'ai été collé au pied du cercueil, debout, la colonne vertébrale forant la terre qu'elle allait retrouver pour l'éternité. J'avais la main posée sur le bois clair et verni. J'entendais les bruits de la ville qui étaient les bruits de la vie : les aboiements obstinés d'un chien, les cloches qui marquaient les heures, le passage des voitures et des camions, un petit avion dans le ciel.

J'avais envisagé de partir avec elle ; de faire le nécessaire pour elle, puis pour moi. Et je me retrouvais là, infidèle à ma promesse, chahuté et secoué comme une charogne dans le courant du fleuve depuis des années, des mois, des semaines, des jours, des heures et échoué *là*, exsangue, vidé, épuisé, prostré. Comme une chose parmi les choses, un objet au milieu des objets, tel un géranium cuit par le soleil fané dans le cimetière…

Il fallut vivre tout de même…

Il semble alors que, tel le poulet au cou coupé, on continue à courir partout dans la cour ; de façon inchoative, désordonnée, folle. On va, on vient, on part à droite, on vire à gauche, on stoppe, on repart, on se cogne, on tombe, on se relève, on chute à nouveau, on fonce, le sang gicle toujours par la plaie rougeoyante, mais on va vers l'obstacle, on se jette dessus, on s'y blesse, on s'écroule une fois encore, on se remet debout en titubant, et l'on repart de plus belle sans jamais s'épuiser – du moins le croit-on. *Car on s'épuise.*

La vie c'est alors ça. On nomme *deuil* cette chose-là... Elle est aussi *mélancolie.* Ma compagne est morte ; Dorothée voit ma peine et se croit coupable de ne pas pouvoir la tarir tout de suite en ignorant que, sans elle, la peine aurait complètement eu raison de moi ; les vieux « amis » ont disparu ; les nouveaux « amis » ne sont pas amicaux ; le travail prend toute la place – il est le seul cordial.

À table, on se venge. Je cuisine, je mange, j'ouvre une bouteille ; je cuisine, on invite, on mange, j'ouvre des bouteilles ; je cuisine, je mange, j'ouvre une bouteille ; je cuisine, on invite, on mange, j'ouvre des bouteilles ; je cuisine, je mange, j'ouvre une bouteille ; je cuisine, on invite, on mange, j'ouvre des bouteilles. *Je prends alors quinze kilos...* C'est le poids du chagrin, le poids de la peine, le poids de la souffrance, le poids du deuil.

Je vois mon corps changer, épaissir, grossir, s'empâter. Mon visage semble rentrer à l'intérieur d'une lune adipeuse. En même temps que la face donne l'impression d'entrer dans le corps pour embrasser le crâne dans un perpétuel baiser de la mort, le ventre sort comme si c'était celui d'une femme enceinte d'un cadavre.

Je somatise : psoriasis, mycoses, allergies, lumbagos, chalazions, hydrops, diarrhées, laryngites, bronchites, polypes dans les sinus, vertiges ; je suis médicalisé et, en plus de mon habituel traitement contre la récidive de mon infarctus de 1988, je passe de la cortisone aux antibiotiques, des antifongiques aux antihistaminiques. Ajoutons à cela statines, aspirine et hypotenseurs.

Les médicaments ne sont pas sûrs de soigner, mais ils le sont d'abîmer. Il suffit pour s'en persuader de lire la liste des effets indésirables de certains d'entre eux dont quelques-uns prévoient même… *la mort subite* !

C'est donc ce corps abîmé qui porte le deuil sans secours extérieur : ni anxiolytique, ni antidépresseur, ni somnifère, ni psy, ni quoi que ce soit. Je passe de la table au bureau, du bureau à la table, de l'estrade du conférencier au plateau de télévision et du plateau de télévision à l'estrade du conférencier, du train à l'avion, de l'avion au train, d'un continent l'autre, d'un pays l'autre, d'une ville l'autre, d'un lieu l'autre, d'un livre l'autre – toujours « cou coupé »…

Ce corps est trop lourd à porter car son âme l'est trop également. Et c'est ce corps qui tombe ce samedi 27 janvier quand j'arrive à Paris vers 19 h 30 et que je descends du train gare Saint-Lazare.

Si je change de corps, j'aurai changé d'âme ; si je change d'âme, j'aurai changé de corps. Il me faut perdre cette surcharge existentielle parce qu'elle se nourrit du deuil et de la mélancolie et qu'elle nourrit en même temps le deuil et la mélancolie. Il me faut vouloir *le deuil de ma mélancolie*. Je vais le vouloir ; je veux le vouloir ; je le veux déjà. La preuve, ces pages…

Dimanche 11 février 2018

Épilogue

SURSUM CORDA[1]

1. « Haut les cœurs ! » d'après la prière chrétienne : « Élevons notre cœur. Nous le tournons vers le Seigneur… »

Ma sortie de l'hôpital Foch s'est donc faite sous le signe d'un événement que je dirai cinématographique parce que dynamique, en mouvement, dialectique même si l'on veut… S'apprêter à quitter l'hôpital avec le pas mal assuré de qui a passé une semaine dans un lit et se faire doubler par un mort allongé dans le cercueil d'acier dans lequel on le convoie prestement vers la morgue, c'est se prendre une leçon de sagesse concrète en pleine figure – *memento mori*…

Oui, je sais que je suis mortel, et, ce jour-là, cette heure-là, plus qu'à toute autre heure et qu'à tout autre jour peut-être. Un infarctus, un premier AVC, une réplique cardiaque quelque temps plus tard avec mon médecin traitant[1] qui me dit aux urgences que c'est fini pour moi et qui le répète à

1. Salut au docteur Jean-Louis Catherine !

ma compagne et à Dorothée, un voyage en hélicoptère entre l'hôpital d'Argentan et le CHU de Caen, un basculement de l'appareil sur le côté pour effectuer son virage sur le cimetière de la ville que je vois en me disant que, dans quelques jours, j'y serai sous terre à mon tour, puis ce second AVC inconnu au bataillon de cinq médecins : si j'avais oublié que j'étais mortel, c'est que j'aurais encore moins de cerveau que celui que m'ont laissé les deux AVC...

La mort est mon souci depuis mes plus jeunes années. J'ai d'abord eu peur de la mort de mon père qui fut un papa tardif – il avait trente-huit ans quand je suis né. Plus tard, quand j'avais une dizaine d'années, mes copains d'école le prenaient pour mon grand-père quand il me conduisait en pension avec sa culotte de velours, ses bottes en caoutchouc quand il renonça aux guêtres, son cuir froncé dans le dos qui fut sang-de-bœuf quand il était neuf, sa coiffure dite à l'embusquée, sa modeste 2 CV et sa façon de se déplacer comme un cheval de labour dans la terre, lourd et fort, puissant et massif, en opposition avec les démarches des parents jeunes qui conduisaient leur progéniture dont je ne me sentais déjà pas contemporain, des parents habillés et coiffés à la mode de leur temps, conduisant les automobiles flambant neuves du moment – des carcasses dans les casses aujourd'hui… Eux, c'étaient des sautillements de cabri ou la danse précieuse de poules qui marchent sur des œufs en regard du percheron râblé tout en muscles qu'était mon père qui avançait toujours dans le sillon du labour…

« C'est ton grand-père ? » me demande l'un. Répondre oui, c'est tuer son père pour se sauver, soi – qui peut choisir cette réponse ? Répondre non, c'est le revendiquer comme père et passer *de facto* pour « un fils de vieux ». Soit l'on est tranquille avec les autres, mais il faut pour ce faire ne pas l'être avec sa conscience ; soit l'on est tranquille avec sa conscience, mais on cesse d'être tranquille avec les autres en devenant leur tête de Turc avant que les coups donnés en retour ne nous mettent à l'abri non pas tant de la méchanceté que de son expression. Du moins, avec quelques coups de poing, on a la paix… Dans cet orphelinat, j'ai appris à vivre – c'est-à-dire à ne pas mourir… Mon poing fermé s'en souvient encore.

J'ai ensuite cru quelques heures que ma mère était morte. C'était en 1970. Ma mère faisait, comme on disait alors, des « extras ». Autrement dit : elle servait dans des repas de communion, de mariage. Un dimanche soir, elle ne revint pas dans la nuit comme elle faisait d'habitude. Le matin, quand je suis reparti en pension avec la mère d'un ami qui était scolarisé dans le même endroit, comme convenu, ma mère n'était pas dans son lit – nous dormions à quatre dans la même chambre de dix-sept mètres carrés. Mon père était parti au travail, ma mère n'était pas là, sa place était vide dans le lit, je me suis occupé de mon petit frère, de notre petit déjeuner, j'ai bouclé ma petite valise en carton bouilli, puis je suis parti à Giel – c'est le nom de l'école.

Je suis arrivé tôt dans la cour de ce qui était alors un orphelinat. Nous étions quatre ou cinq à venir de Chambois, mon village natal. L'un d'entre eux, arrivé plus tard, est venu vers moi et m'a dit : « Qu'est-ce que tu fais là, toi ? » Je lui ai demandé pourquoi. Il m'a répondu : « Mais ta mère est morte, elle a eu un accident de voiture ce matin… »

Mon premier mouvement a été de ne pas le croire. Certes, sa version était plausible : ma mère n'était pas rentrée de cet extra, le lit était vide quand je suis parti, elle nous avait laissés seuls, mon frère et moi, ce qui ne lui ressemblait pas. Mais où était la preuve ? Le probable ne fait pas une vérité ; la vérité, elle, se vérifie et on ne saurait l'accepter pour telle quand elle est donnée par un tiers… Ce fut une leçon majeure pour moi. Ça l'est resté…

Comment vérifier ? Nous sommes à l'époque des téléphones fixes avec passage obligé par un standard où une dame des PTT met en contact le 7 à Chambois (le numéro du bistrot jouxtant la maison de mes parents, je m'en souviens, c'est ici que je donnais mes premiers coups de fil amoureux quand j'avais douze ou treize ans…), où mes parents appelaient en cas de besoin, et le je-ne-sais-quoi à Giel, ma pension.

Je suis donc allé voir le directeur qui m'a promis de faire son enquête. Il n'est pas revenu vers moi. C'est un deuxième larron venu de Chambois quelques minutes plus tard qui m'a appris qu'un accident avait bien eu lieu, que le chauffeur était mort, mais que ma mère ne semblait pas morte, même si une autre dame qui était aussi dans la voiture semblait bien mal en point… Elle était à l'hôpital, vivante.

J'ai reçu un ou deux jours plus tard une lettre de mon père, sobre, simple, vraie, directe, comme lui, juste quelques mots pour exprimer l'essentiel pas plus, pas moins, qui me disait que ma mère avait eu un accident et qu'elle était à l'hôpital… Il me demandait de ne pas m'inquiéter.

Quand on vint me chercher le samedi suivant, alors que je ne sortais habituellement que tous les quinze jours, je sus que les choses n'étaient peut-être pas aussi simples que cela…

Ce qui fut évident quand je découvris ma mère allongée dans son lit de souffrance. Elle souffre depuis toujours de bronchite chronique ; on lui avait placé des coussins sous les reins pour lui soulever le bassin et prétendument calmer ses douleurs ; elle souffrait le martyre quand on la bougeait pour lui faire sa toilette ; une infirmière lui disait que, si elle continuait à geindre de la sorte, on l'enverrait à « Alençon » – « Alençon » c'était le lieu où, comme il était convenu de dire alors, on envoyait « les fous ». À l'époque, on n'avait pas encore lu l'*Histoire de la folie à l'âge classique* de Michel Foucault à l'hôpital Maréchal-Leclerc d'Argentan – où je suis né… Son médecin traitant, un médecin de famille à la Balzac, Pierre Wadier, venait la visiter régulièrement dans sa chambre. Devant la douleur de ma mère, il a diligenté une radio qui a révélé, *dix-neuf jours plus tard*, une fracture du bassin… Entre-temps, ma mère avait été opérée dès son arrivée à l'hôpital pour lui sauver un bras quasi coupé en deux. On lui a prélevé deux bandes de chair puis de peau sur la cuisse pour les lui greffer. Elle avait également une profonde coupure recousue entre le menton et la joue. Elle ne portait pas ses lunettes. Je découvrais ainsi ma mère dans la nudité pure de la souffrance. Quand elle dit à une infirmière que la plaie du bras dans une gouttière la faisait souffrir, elle s'entendit répondre : « Estimez-vous heureuse, on aurait dû vous le couper… » ! À l'époque, on n'avait pas encore lu *La Psychologie pour les nuls* à l'hôpital Maréchal-Leclerc d'Argentan… Dans la foulée, elle fit une phlébite, ce qui la contraint depuis cette époque à porter des bas de contention.

Ma mère raconta alors. Son histoire fut figée dans un récit qui s'avérait le même au fur et à mesure qu'il faut dire à nouveau les mêmes choses à de nouvelles personnes. La cristallisation du réel s'effectue par la narration qu'on en donne ; elle le piège et le fixe, comme un coléoptère sur le liège d'une boîte d'entomologiste. Un mot entraîne l'autre, une phrase apporte l'autre, une histoire aspire l'autre, et la chose se trouve racontée selon un même découpage, dans un même scénario, pour un même film. Mon frère et moi avons revécu cet accident des dizaines de fois, à chaque réitération, comme si nous avions vécu nous-mêmes dix fois, vingt fois, trente fois l'accident dont les perpétuelles présentifications réactivaient le drame. J'avais onze ans, mon frère huit. Notre mère dormait dans la pièce du bas dans laquelle nous vivions ; nous dormions comme d'habitude à l'étage mon frère, mon père et moi.

C'était le 19 septembre 1970, jour d'ouverture de la chasse. La veille, ma mère avait servi un repas de mariage pour cent vingt personnes le midi et le soir ; dans la nuit, Altidore Martin, qui travaillait dans une laiterie, avait fait un premier voyage pour remporter chez lui, disons, ce qui était tombé du camion de ce mariage – de la viande, des bouteilles…

Quand fut venu le temps du retour chez soi, on a proposé à ma mère de rentrer avec le fils dudit Altidore Martin. Mais comme le fiston avait déjà mis sa Dauphine sur le dos près du stand de tir de Chambois quelque temps plus tôt, ma mère a décliné l'invitation pour préférer l'automobile du père.

Ce fut donc le père qui fut chargé du trajet de retour vers son futur. Au volant d'une simple 2 CV, dans un temps où l'éthylotest n'existe pas, l'Altidore part sur les chapeaux de roue ; ma mère prend peur et le lui dit ; il répond : « T'as la trouille ? Tu vas voir… » Quelques minutes plus tard, il a la tête sur les genoux de ma mère qui la lui soulève en disant : « Ah, la vache ! » Pied au plancher, il n'a pas négocié le virage et a foncé droit devant dans le mur du cimetière de l'église – il était désormais à quelques mètres de chez lui et pour longtemps, mort. L'accident a eu lieu vers

5 heures du matin. Il est mort sur le coup. Derrière, une compagne de travail, Mme Samson, est très abîmée. Le temps s'arrête, pas seulement pour le mort qui a vu ce qu'on allait voir, mais aussi pour ma mère et cette dame qui perdent connaissance, gisant dans leur sang.

Deux heures plus tard, des chasseurs partent pour l'ouverture. Je ne sais comment, mais Martin fils et Samson fils se trouvent sur les lieux de l'accident : chacun emporte qui son mort, qui son blessé dans leurs voitures respectives. L'un et l'autre laissent ma mère pour morte, moitié dans la carcasse de la voiture, moitié dans l'herbe trempée… M. Coiffey qui passe par là découvre le chantier et emporte ma mère dans sa voiture avant de la diriger vers l'hôpital. Commentant l'événement plus de quarante ans plus tard ma mère me dit : « Le bon Dieu ne voulait pas de moi… Et le diable l'appréhendait… »

La suite fut une variation sur le thème de la comédie humaine. On fit pression, y compris de belles consciences de gauche dans le village, pour que ma mère ne dise pas qu'elle travaillait comme femme de ménage dans trois maisons dans lesquelles

les patrons ne la déclaraient pas. Le peu d'argent qui s'ajoutait à la paie misérable de mon père rétribué comme un ouvrier agricole ces années-là fut donc retranché des revenus de mes parents. Ma mère dans son lit installé dans la petite pièce du bas dans laquelle nous vivions, sa souffrance, la petite bourgeoisie locale faisant pression pour qu'elle ne dise pas qu'elle était leur employée par crainte des ennuis, l'impossibilité, donc, d'être assurée, tout cela forge un caractère, trempe un tempérament d'enfant : il ne faut pas déployer une grande réflexion pour comprendre tout de suite que les pauvres sont des choses à briser entre les mains du corps médical et de la petite bourgeoisie, des assureurs et de leurs médecins, des employeurs et de leurs amis…

Donc, la mort, j'ai su très tôt ce qu'elle était, comment elle rôdait, guettait, surveillait et menaçait. Le *Memento mori*[1] qu'un esclave proférait à l'oreille de l'empereur qui se tenait derrière son char lorsqu'il paradait en tête d'un triomphe

---

1. « Souviens-toi que tu vas mourir… »

militaire m'est tatoué dans l'âme depuis bien longtemps…

De sorte que chaque trace du doigt faite par la mort ici sur la partie antéro-septale de mon cœur, là dans une zone du cerveau, ailleurs dans une autre zone du même cerveau, sont autant de marquages au fer rouge sur mon âme matérielle.

Voilà pourquoi les invites du genre « prends soin de toi », sinon, mieux, « prends *bien* soin de toi », avec des variations du genre « fais attention à toi », déclenchent en moi le sourire qu'on doit avoir quand on regarde la mort en face et que l'éclat de sa faux d'acier nous éblouit ! Que peut bien dire « prendre soin de soi » ou « faire attention à soi » dans la vie alors que celle-ci nous oblige à sortir chaque matin de la tranchée en sachant que des rafales de munitions sont tirées par le destin et que, de temps en temps, on passe entre deux éclats, on s'en prend un qui nous érafle, ou qu'on en chipe un autre qui nous arrache la tête ? Vivre n'est pas prendre soin de soi, ce qui est une affaire d'infirmerie ou d'hospice et relève d'une morale de dispensaire ; vivre c'est prendre soin de ceux qu'on aime…

Que veut dire prendre soin de soi quand on se fait dépasser dans le couloir de l'hôpital, alors qu'on se prépare à en sortir, par un cercueil d'acier dans lequel la mort a bien pris soin du défunt et pour le restant de ses jours ? Une fois dehors, on est encore dedans, car la maladie n'a pas été laissée au comptoir des admissions...

Elle chemine en même temps que nous : on se retourne pour la voir, elle se retourne en même temps que nous, dès lors, on ne la voit pas, on ne la voit jamais, mais on sent le souffle chaud de son mufle dans notre cou, son haleine pèse sur nos épaules, son odeur de camphre teint nos cheveux blancs. On respire plus fort parce qu'on sent son cœur se serrer mais, parce qu'on respire plus fort, son cœur se serre. On ne sait plus, c'est l'histoire de la poule et de l'œuf, lequel est le premier : le signe qui crée l'angoisse ou l'angoisse qui crée le signe ? Ou bien encore : le signe qui crée le signe ? Voire l'angoisse qui crée l'angoisse ?

Car la mort a enfoncé son clou d'obsidienne dans mon cerveau, mais juste ce qu'il faut pour se rappeler à moi – des fois que je l'aurais oubliée...

Depuis des années, chaque matin et chaque soir je pense à elle en prenant une pharmacopée pour éviter le retour d'un AVC et, nonobstant, un AVC est revenu. Jadis il m'avait empêché d'écrire quelques heures (j'imagine la joie de mes ennemis dont les prières se sont d'un seul coup trouvées exaucées, hélas pour eux, si peu de temps…) ; cette fois-ci, il m'a fait comme une virgule de lumière grise en haut à gauche de mon œil gauche. Et je sors de l'hôpital sans qu'on sache pourquoi ce qui a eu lieu a eu lieu.

Me voilà donc surgissant à nouveau de la tranchée avec le pare-balles que je revêtais depuis des années chaque matin et chaque soir, car la nuit, les balles sifflent aussi, mais dans le noir. Or, cette fois-ci, je sais que le pare-balles est fait de papier mâché ou de carton bouilli. C'est un masque de théâtre, un loup vénitien sur lequel se trouve peint un crâne fluorescent qui attire le regard de la mort, nuit et jour, qui désigne la cible et trahit chacun de ses mouvements.

Dorothée conduit la voiture vers Caen. Le monde est un songe. Lequel est le vrai ? Celui dans lequel le cercueil d'acier me double en faisant la course ou celui dans lequel des gens bien peignés, qui vaquent à l'inutile, se préoccupent de futilité, se gobergent de frivolité ? Toutes ces voitures remplies d'indispensables roulent vers leur cimetière personnel alors que chacun croit pourtant qu'il se rend au jardin des délices…

J'arrive à Caen et découvre que ce que je connais de la ville depuis que j'ai dix-sept ans m'est ici ou là devenu inconnu. Comme un trou dans un puzzle qu'on venait de finir et dont la pièce manquante inquiète parce qu'elle ne permet plus de comprendre ce qui se passe autour d'elle et que le motif total se disloque…

J'avise un lieu que je ne reconnais pas et, pour éviter de m'avouer que je ne le reconnais pas à cause des séquelles de l'AVC, j'imagine qu'un immeuble a été détruit pendant mon absence – formidable cas d'école du mécanisme de la dénégation qui est protection de la bête dans un univers hostile…

J'arrive au pied de chez moi, au carrefour de l'avenue du 6-Juin et de la rue du Havre. Je reconnais sans reconnaître tout en reconnaissant. Je sais où je suis, sans doute possible ; mais sachant ce que je sais, je sais aussi que je ne reconnais pas tout de ce que je reconnais et qu'il me faut faire un effort pour reconstruire l'image dans laquelle je vais pouvoir me déplacer mentalement. Là où je me trouve, je sais qu'en allant dans une direction, je me rendrais vers le château de Guillaume le Conquérant et que, dès lors, dans mon dos, je vais vers la gare ; je sais aussi que, si je pivote de cent quatre-vingts degrés, j'ai le port et le canal qui conduit à la mer devant moi et, derrière, la prairie et son champ de courses. Toutefois, les bâtiments me semblent plus hauts que d'habitude, ils paraissent menaçants parce que semblables et autres en même temps – semblables à ce que je connais et dissemblables dans un même temps parce que je ne les reconnais pas totalement…

La mort est donc là. Le cercueil d'acier qui m'a précédé tout à l'heure me suit. Mais il est vide ; c'est peut-être le mien ; il m'attend, il sait que l'heure est venue ; il me rappelle la trace dans mon cerveau comme celle d'un doigt qui écrase une tache de sang sur une paillasse en carreaux de céramique.

Je rentre chez moi et, comme quand je revins dans mon autre chez-moi d'alors, à Argentan, après l'infarctus, je découvre les choses dans l'état de vie dans lequel je les avais laissées. On se dit alors que, mort, nos survivants auraient vu les traces de cette vie perdue, enfuie, disparue, arrêtée – et peut-être pleuré devant elles. Une paire de chaussures de guingois, une écharpe à demi tombée d'un fauteuil comme dans une nature morte, un livre retourné sur la table du salon, un lit ouvert, les plis dans les draps et les six ou sept livres qui s'y trouvent sans cesse comme des compagnons changeant jour après jour pour la nuit, des journaux et des revues par terre, le travail en cours sur mon bureau, la tasse de café et ses traces brunes séchées sur le rebord, un Post-it avec une chose à faire qui ne fut pas faite et qui ne perdait rien à n'avoir pas été faite, une poubelle pleine de papiers dont des courriers dont on mesure soudain l'immense facticité…

Il me faut réapprendre à me déplacer dans une pièce, puis dans une autre, puis dans une troisième… En passant du grand salon à la cuisine, vais-je bien entrer dans ce que je prévois et qui devrait-être la cuisine ? J'entre avec angoisse. Je reconnais bien la cuisine. Mais est-ce bien l'espace que je connais ? Oui. Mais non en même temps. Oui, parce que je sais bien où se trouvent la table et le four, la machine à café et mes couteaux, mais non, parce que j'ai l'impression que tout a été touché, un peu déplacé, légèrement décalé, sans être bien certain qu'il s'agisse tout à fait de ça. À ce moment, le bruissement du cercueil qui roule dans le couloir de l'hôpital glisse aussi dans ma tête…

Je m'essaie à passer dans d'autres pièces. Mêmes sensations ; mêmes sentiments ; mêmes craintes ; mêmes angoisses ; mêmes peurs ; mêmes émotions. Je regarde par les fenêtres, du haut de mon cinquième étage. Des travaux, réels ceux-là, ont arraché la station de tramway, emporté la ligne, apporté des barrières faites de panneaux bleu et blanc. Je ne sais plus faire la part entre l'avant, le pendant et le nouveau perçu avec le prisme de cette virgule de lumière grise dans le champ visuel. Avec un peu de temps, *les choses rentrent dans l'ordre* – et je me surprends à aimer cette expression qui dit bien les choses : il existe un ordre, les choses y entrent, donc elles peuvent en sortir et, de fait, elles en sont partiellement sorties puis, comme la Pomponette de Pagnol, elles reviennent chez elles après une légère translation, comme après une mise au point le flou devient net. Le temps de ces opérations est probablement rapide mais il semble une éternité…

C'est dans ces microcoupures d'avec le réel qui se substituent à lui pour en créer un autre que prend racine un vortex qui peut être léger mais qui emporte tout. C'est comme une dépression d'air dans une tubulure, une légère chute du mercure dans un thermomètre, un tout petit trou de l'âme dans lequel passe le grand vent de l'angoisse. Le vertige, l'étourdissement, le déséquilibre, le tournis, mais de façon infinitésimale.

Or, dans l'anfractuosité de cet infiniment petit, s'engouffre un monde qui semble en provenance directe d'une toile de Jérôme Bosch. Au moment où j'écris ces mots, ce vortex semble revenir, comme une preuve qu'il est moins une physiologie, voire une pathologie, qu'une psychologie, donc une pathologie.

On ne sait plus, alors, si la quête du signe ne le fait pas venir alors qu'un défaut de souci m'en aurait dispensé… Crée-t-on ici ce que l'on craint ? Ou craint-on ici ce que l'on crée ? Ou y a-t-il vraiment, objectivement, factuellement des arythmies, des extrasystoles dont je sais qu'elles furent quand j'étais scopé dans mon lit d'hôpital et qu'elles étaient signalées par un long bip mortel en même temps qu'un clignotement lumineux rouge sur l'écran...

Pour l'heure je porte un Holter (que mon correcteur orthographique s'évertue absolument à transformer en *Hitler*...) nuit et jour pendant trois semaines pour mesurer la part objective des signes et la part fantasmatique qui relève de mon imagination, c'est-à-dire d'un travail trop scrupuleux, trop attentif, trop exigeant de la conscience. Je pense aux signes donc je suis les signes et je ne suis que des signes, que les signes, que ces signes...

Il existe tout de même des perceptions objectives. Ces arythmies, je les ressentais un quart de seconde avant qu'elles ne saignent de ce sang rouge sur l'écran de contrôle dans la nuit d'hôpital. Comme un flux qu'on ne ressent pas tant qu'il coule à son débit et qu'on remarque juste parce que le cheval hésite sur la barrière et qu'il la franchit en touchant du fait de cette hésitation.

L'enchaînement musical des battements cardiaques se fait habituellement à bas bruit, dans un quasi-silence, mais dans une mélodie qu'on n'entend pas, qu'on ne remarque pas, sauf quand, à la suite d'une note suspendue, on pointe l'arrivée d'une syncope qui ne manque pas de venir et qui est suivie par l'arrivée plus rapide de la note suivante. Tac, tac, tac, to-oc, too-oc, to-c, tac, tac, tac…

Cette syncope telle une pointe d'aiguille ne dure que le temps d'une ombre qui passe. Mais cette ombre s'étend ensuite sur la totalité du corps. Comme si ce battement d'ailes d'un papillon, réel, créé, supposé, mais de toute façon vrai, sinon comme réalité, du moins comme virtualité, entraînait à l'autre bout du continent corporel un tsunami qui emporte l'âme, donc la chair, donc le corps, donc la matière, donc les organes secoués comme dans un typhon…

Le signe, voire le signe du signe, sinon le signe du signe du signe, s'éloigne alors ; mais on guette son retour ; on le guette, donc on le craint, donc on le crée ; il arrive, mais non, on craint qu'il vienne, donc il semble qu'il paraît, puis non, mais si tout de même... Il a eu lieu ; mais était-ce vraiment un signe ou la crainte d'un signe ? On ne saura pas...

Sauf peut-être quand mon *Hitler* livrera ses informations... Le docteur Rémi Sabatier, mon cardiologue au CHU de Caen est là – discret, présent, attentif. Il interrogera bientôt la bête qui va parler... Elle ne dira peut-être rien. On verra. Pour l'heure, les signes me font moins signe – sauf quand je les invoque pour les décrire ! Ce qui renseigne déjà un peu sur leur nature...

Pendant ce temps les « amis » ont disparu. Bien sûr, aucun signe des médecins qui savent être passés à côté du diagnostic de l'AVC. Ceux qui s'étaient fendus d'un texto en ayant cru faire leur devoir une bonne fois pour toutes n'en ont pas ajouté un second. Quand on croit avoir acheté son salut une fois avec des indulgences, à quoi bon mener encore et toujours une vie droite ?

Chaque jour est un jour gagné sur le néant. Ceux qui n'ont pas coupé le lien créent une nouvelle partition dans mon esprit : certains que l'on croyait être des relations amicales, mais de loin, s'avèrent vraiment amicaux ; certains qu'on imaginait véritablement amicaux se sont pour telle ou telle raison véritablement évaporés ; certains qu'on savait amicaux aussi se sont avérés tels également, aussi, bien sûr…

Jadis j'aurais mis ma main au feu en faveur de tels ou tels parce que je croyais qu'ils se montreraient fidèles et présents, sûrs et attentifs, diligents et présents – amis au sens romain du terme ; mais, avec le temps, j'ai perdu pas mal de mains… Je ne jouerai plus à ce jeu pour n'en pas perdre plus. Les doigts d'une seule de celles qui me restent suffisent pour compter ceux qui sont là non pas quand tout va bien et qu'il y a du champagne à boire ou des victuailles à manger, des péroraisons à improviser avec les invités ou du cinéma pour amuser la galerie, mais, justement, quand le bateau se trouve dans la tempête, qu'il menace naufrage, que les vagues le prennent de travers et que le calfatage pourrait bien montrer des signes de faiblesse, avant qu'une planche ne parte, puis deux, et que la voie d'eau qui s'engouffre par le trou finisse par faire sombrer le navire avec son équipage et sa cargaison.

J'ai toujours en tête cette image de Lucrèce que j'eus quand l'ambulance vint me chercher dans le petit matin glacé et brouillardeux de novembre 1988 pour mon infarctus et que je jugeais si cruelle quand j'avais vingt ans, mais que je trouve si juste depuis que j'ai trois fois vingt ans. Elle est connue. Je la cite dans la traduction de mon ami Bernard Combeaud qui vient d'emprunter le cercueil d'acier il y a quelques semaines :

Douceur de l'abîme immense,
où les vents troublent les flots,
Pour qui depuis la terre voit l'ahan des matelots !
Non que d'un autre sans doute
on aime à guigner la peine,
mais voir ce que l'on s'épargne
est d'une douceur certaine.
Douceur ainsi pour qui voit d'innombrables légions,
S'il n'est point du péril, s'éployer
au loin sur la plaine.

Lucrèce, *La Naissance des choses* (III,2-6)

Sursum corda

Si la maladie nous apprend des choses sur nous, elle nous en apprend aussi et, hélas, surtout, beaucoup sur les autres ! Il paraît probable que les roues du cercueil d'acier qui me poursuit chantonnent une ritournelle grinçante qui chamboule l'âme des faux amis… Je les plains car ils ignorent que le même chariot court derrière eux.

Épilogue à l'épilogue

LE BEAU NOIR DU NÉANT

Une visite prévue de longue date chez mon ophtalmologiste eut lieu un mois après l'AVC. J'ai alors posé la question de la récupération du champ visuel perdu : est-ce que j'allais perdre, oui ou non, cette virgule de lumière grise que je localisais dans le bord supérieur de mon œil gauche ? Sa voix a dit : « Il faut espérer » ; son corps, autrement dit son regard et ses épaules coincées pendant deux secondes, a dit : « N'y comptez pas ! » Il a prescrit un rendez-vous pour mesurer les dégâts quelques semaines plus tard.

Le jour dit, je me suis retrouvé enfermé, seul, dans une petite pièce obscure où l'on m'a demandé de cliquer chaque fois que je verrais apparaître un petit point dans un noir qui a fini par ressembler à une Voie lactée miniature. Mais je sentais que je cliquais moins alors que j'avais un peu mesuré l'ordre aléatoire des surgissements lumineux : or, plus aucun surgissement, voilà qui était suspect. Je savais que la machine voyait que je ne voyais pas, que je ne voyais plus…

La porte s'est ouverte, je suis sorti de ma nuit mutilée et suis allé dans le bureau de l'ophtalmologiste qui a fait le compte rendu : ses yeux perdus et ses épaules coincées m'ont dit que j'avais définitivement perdu un quart de mon champ visuel. « Dans l'œil gauche ? » ai-je questionné. Il m'a répondu : « Non, dans les deux yeux… » De fait, le champ visuel supérieur gauche se constitue avec la vision binoculaire : c'était une erreur de croire que pour le bord supérieur gauche de ce que l'on voit, seul l'œil gauche était concerné ! Conclusion d'homme des cavernes…

Le docteur me fit voir le schéma de deux cercles noircis dans leur quart supérieur gauche : c'était la double image de la nuit dans laquelle j'étais entré – ce sont un peu des ténèbres de la mort, non pas dans mes yeux, qui sont intacts, mais dans la part du cerveau qui dit aux yeux ce qu'ils peuvent voir… Le néant est fait d'un beau noir.

C'est dans ce beau noir qu'avec une diététique appropriée j'ai jeté le plus de dix kilos de chagrin qui avaient colonisé mon corps. Peut-être que ce ne sera pas suffisant pour éviter quelque réplique qui pourrait être fatale – ou semi-fatale, ce qui serait plus fatal encore, la mort ayant au moins le mérite d'effacer toute déchéance.

Ces quelques dernières lignes sont offertes aux médecins qui, tous, m'avaient prédit la récupération…

Du même auteur

Chambois et Fel, histoires mêlées, Charles Corlet, 1989

Le Ventre des philosophes. Critique de la raison diététique, Grasset, 1989

Cynismes. Portrait du philosophe en chien, Grasset, 1990

L'Art de jouir. Pour un matérialisme hédoniste, Grasset, 1991

L'Œil nomade. La Peinture de Jacques Pasquier, Folle Avoine, 1993

La Sculpture de soi. La Morale esthétique, Grasset, 1993

La Raison gourmande. Philosophie du goût, Grasset, 1995

Métaphysique des ruines. La Peinture de Monsù Desiderio, Mollat, 1995

Le Désir d'être un volcan. Journal hédoniste I, Grasset, 1996

Les Formes du temps. Théorie du sauternes, Mollat, 1996

Politique du rebelle. Traité de résistance et d'insoumission, Grasset, 1997

Ars moriendi. Cent petits tableaux sur les avantages et les inconvénients de la mort, Folle Avoine, 1998

Les Vertus de la foudre. Journal hédoniste II, Grasset, 1998

À côté du désir d'éternité. Fragments d'Égypte, Mollat, 1998

Hommage à Bachelard, Éditions du Regard, 1998

Théorie du corps amoureux. Pour une érotique solaire, Grasset, 2000

Antimanuel de philosophie. Leçons socratiques et alternatives, Bréal, 2001

L'Archipel des comètes. Journal hédoniste III, Grasset, 2001

Célébration du génie colérique. Tombeau de Pierre Bourdieu, Galilée, 2002

Splendeur de la catastrophe. La Peinture de Vladimir Veličković, Galilée, 2002

Physiologie de Georges Palante. Pour un nietzschéisme de gauche, Grasset, 2002

Esthétique du pôle Nord. Stèles hyperboréennes, Grasset, 2002

L'Invention du plaisir. Fragments cyrénaïques, Le Livre de Poche, 2002

Les Icônes païennes. Variations sur Ernest Pignon-Ernest, Galilée, 2003

Archéologie du présent. Manifeste pour une esthétique cynique, Adam Biro/Grasset, 2003

Féeries anatomiques. Généalogie du corps faustien, Grasset, 2003

La Communauté philosophique. Manifeste pour l'Université populaire, Galilée, 2004

Épiphanies de la séparation. La Peinture de Gilles Aillaud, Galilée, 2004

La Philosophie féroce I : exercices anarchiques, Galilée, 2004

Traité d'athéologie. Physique de la métaphysique, Grasset, 2005

Oxymoriques. Les Photographies de Bettina Rheims, Jannink, 2005 (livre d'art)

Suite à « La Communauté philosophique » : le génie du lieu. Suivi de Une machine à porter la voix, Galilée, 2006

Traces de feux furieux. La Philosophie féroce II, Galilée, 2006

La Puissance d'exister. Manifeste hédoniste, Grasset, 2006

Les Sagesses antiques. Contre-histoire de la philosophie I, Grasset, 2006

Le Christianisme hédoniste. Contre-histoire de la philosophie II, Grasset, 2006

La Pensée de midi. Archéologie d'une gauche libertaire, Galilée, 2007

Fixer des vertiges. Les Photographies de Willy Ronis, Galilée, 2007

La Lueur des orages désirés. Journal hédoniste IV, Grasset, 2007

Les Libertins baroques. Contre-histoire de la philosophie III, Grasset, 2007

Les Ultras des Lumières. Contre-histoire de la philosophie IV, Grasset, 2007

La Sagesse tragique. Du bon usage de Nietzsche, Le Livre de Poche, 2006

Théorie du voyage. Poétique de la géographie, Le Livre de poche, 2007

Le Souci des plaisirs. Construction d'une érotique solaire, Flammarion, 2008

L'Innocence du devenir. La Vie de Frédéric Nietzsche, Galilée, 2008

Le Songe d'Eichmann. Précédé de : Un kantien chez les nazis, Galilée, 2008

Les Bûchers de Bénarès. Cosmos, Éros et Thanatos, Galilée, 2008

Le Chiffre de la peinture. L'Œuvre de Valerio Adami, Galilée, 2008

La Vitesse des simulacres. Les Sculptures de Pollès, Galilée, 2008

L'Eudémonisme social. Contre-histoire de la philosophie V, Grasset, 2008

La Religion du poignard. Éloge de Charlotte Corday, Galilée, 2009

L'Apiculteur et les Indiens. La Peinture de Gérard Garouste, Galilée, 2009

Le Recours aux forêts. La Tentation de Démocrite, Galilée, 2009

Le corps de mon père, Hatier, 2009 (scolaire)

Les Radicalités existentielles. Contre-histoire de la philosophie VI, Grasset, 2009

Philosopher comme un chien. La Philosophie féroce III, Galilée, 2010

Le Crépuscule d'une idole. L'Affabulation freudienne, Grasset, 2010

Apostille au « Crépuscule » : pour une psychanalyse non freudienne, Grasset, 2010

Nietzsche : se créer liberté, illustrations : Le Roy Le Lombard, 2010 (bande dessinée)

Manifeste hédoniste, Autrement, 2011

La Construction du surhomme. Contre-histoire de la philosophie VII, Grasset, 2011

Rendre la raison populaire. Université populaire, mode d'emploi, Autrement, 2012

L'Ordre libertaire. La Vie philosophique d'Albert Camus, Flammarion, 2012

Vies et mort d'un dandy. Construction d'un mythe, Galilée, 2012

Le Postanarchisme expliqué à ma grand-mère. Le Principe de Gulliver, Galilée, 2012

La Sagesse des abeilles. Première Leçon de Démocrite, Galilée, 2012

Le Canari du nazi. Essais sur la monstruosité, Autrement, 2013

La Raison des sortilèges. Entretiens sur la musique, Autrement, 2013

Le Magnétisme des solstices. Journal hédoniste V, Flammarion, 2013

Un requiem athée, Galilée, 2013

La Constellation de la baleine. Le Songe de Démocrite, Galilée, 2013

Les Freudiens hérétiques. Contre-histoire de la philosophie VIII, Grasset, 2013

Les Consciences réfractaires. Contre-histoire de la philosophie IX, Grasset, 2013

Rendre la raison populaire, Librio, 2013

Le réel n'a pas eu lieu. Le Principe de Don Quichotte, Autrement, 2014

La Passion de la méchanceté. Sur un prétendu Divin Marquis, Autrement, 2014

Transe est connaissance. Un chamane nommé Combas, Flammarion, 2014

Haïkus d'une année. Avant le silence I, Galilée, 2014

Bestiaire nietzschéen. Les Animaux philosophiques, Galilée, 2014

Haute École. Brève Histoire du cheval philosophique, Flammarion, 2015

Cosmos. Une ontologie matérialiste, Flammarion, 2015

Les Petits Serpents. Avant le silence II, Galilée, 2015

L'Étoile polaire, avec Mylène Farmer, Grasset, 2015 (jeunesse)

La Raison des sortilèges : entretiens sur la musique, Pluriel, 2015

La Force du sexe faible. Contre-histoire de la Révolution française, Autrement, 2016

Rendre la raison populaire : université populaire, mode d'emploi, Autrement, 2016

Penser l'Islam, Grasset, 2016

L'Éclipse de l'éclipse. Avant le silence III, Galilée, 2016

Le Miroir aux alouettes. Principes d'athéisme social, Plon, 2016

Tocqueville et les Apaches, Autrement, 2017

Décadence. Vie et mort du judéo-christianisme, Flammarion, 2017

Miroir du nihilisme. Houellebecq éducateur, Galilée, 2017

Le Désir ultramarin. Les Marquises après les Marquises, Gallimard, 2017

Nager avec les piranhas. Carnets guyanais, Gallimard, 2017

Décoloniser les provinces. Contribution aux présidentielles, L'Observatoire, 2017

La Cour des Miracles. Carnets de campagne, L'Observatoire, 2017

Vivre une vie philosophique. Thoreau le sauvage, Le Passeur, 2017

Zéro de conduite. Carnet d'après campagne, L'Observatoire, 2018

La Cavalière de Pégase. Dernière Leçon de Démocrite, Galilée, 2018

La Stricte observance. Avec Rancé à la Trappe, Gallimard, 2018

La Pensée qui prend feu. Artaud chez les Tarahumaras, Gallimard, 2018

La Pensée postnazie. Contre-histoire de la philosophie X, Grasset, 2018

L'Autre Pensée 68. Contre-histoire de la philosophie XI, Grasset, 2018

Solstice d'hiver : Alain, les Juifs, Hitler et l'Occupation, L'Observatoire, 2018

Composition et mise en pages
Nord Compo à Villeneuve-d'Ascq

MIXTE
Papier issu de
sources responsables
FSC® C003309

L'Éditeur de cet ouvrage s'engage
pour la préservation de son environnement
et utilise du papier issu de forêts gérées de manière responsable.

Cet ouvrage a été achevé d'imprimer en septembre 2018
sur les presses de Normandie Roto Impression s.a.s.
61250 Lonrai (Orne)
N° d'édition : 58151/05 - N° d'impression : 1803991

Imprimé en France